阿^{méi}槑冒险记

黄孝阳 著

上海文艺出版社

图书在版编目（CIP）数据

阿槑冒险记 / 黄孝阳著. —上海：上海文艺出版社. 2010.9
ISBN 978-7-5321-3960-6
Ⅰ. ①阿⋯　Ⅱ. ①黄⋯　Ⅲ. ①长篇小说-中国-当代
Ⅳ. ①I247.6

中国版本图书馆 CIP 数据核字（2010）第 162995 号

特约策划：邱小群
责任编辑：毛静彦
封面设计：董红红

阿槑冒险记
黄孝阳　著
上海文艺出版社出版、发行
上海绍兴路 74 号
新华书店经销　宁波大港印务有限公司印刷
开本 890×1240　1/32　印张 7　插页 2　字数 150,000
2010 年 10 月第 1 版　2010 年 10 月第 1 次印刷
ISBN 978-7-5321-3960-6/I · 3053　定价：22.00 元

人生不过生死场，宇宙已是量子汤。

一

　　我叫阿眛。你们会记住这个名字。我是你们。我要替你们打败世界。

　　嘘。轻一点，再轻一点。从你们嘴里吐出的词语将会掀开世界体内的皱褶。像一个柔弱的处女在匕首的惊吓下，颤抖着打开身体。

　　月光被寂静抹去。这寂静是一只大手。我推开窗户，抬头看天空。天空没有嘭地掉下来，而是嘘了一声。我吐出痰。痰的尽头是一根抛物线。鸟，铁做的，呼地钻出云层，把抛物线衔在嘴里，往天空那边飞去。飞得很快。天空不见了。那里出现一片小树林。一个男人被这根从天而降的抛物线吓着了，跳出树林。他真帅，下身贴了片树叶，生鲜刚猛的模样差一点就赶得上犀利哥，可惜目光茫然，一点也没有后现代精神。不过，我能理解。"吃了这么多米，长这么大的个，没能为祖国、为人民做点什么，每思及此，伤心欲绝啊。"我朝男人挤眉弄眼，很想告诉他，从他告别树林的那一刻开始，他的未来就不是梦，是做噩梦。噢，他身后跟出来一个女人，下身贴了树叶不算，上身还贴了两片，食指上竟然有一枚戒指。戒指金色的光芒像一朵向日葵。女为悦己者容男为悦己者穷。我把笑容挤大——我嘴角三十度的微笑，百度搜索不到。

戒指啊戒指，用莱茵河底的黄金做成的戒指，已被咒语驱使。所有得到它的人都注定摆脱不了堕落与互相毁坏的命运。河水、少女、众神之王、巨人兄弟、古老的城郭、战马、盔甲长剑……相爱的人要把对方推入火焰，用最锋利的刃挖出彼此的眼睛。

我大声朗诵。词语飞出嘴，排成队伍，光呈线状自它们体内射出，在空中构成一张蔚蓝的网。月光钻出网，哗啦哗啦泼下来。在词语之间游荡的旋律仿佛飘浮在水上。大片的音符宛若水波起伏。音乐是一个肉体丰腴的女人。可我这人不太懂音乐，所以时而不靠谱，时而不着调。我冲着盘在男人与女人脚下的蛇笑，微笑，冷笑，干笑，皮笑肉不笑。我把胃都笑翻跟斗了。是条蝮蛇。头为长三角形，眼、鼻之间有颊窝，眼后到颈部有一条棕褐色纵带，上缘镶有一黄白色细纹。体粗，尾短。我认得它。它也认得我。在漫长的光阴里，我们无话不谈，最后它骂我尾巴长反了，我则骂它那玩意儿都长脸上了。它一怒而去，没想多日不见居然成了这对男女的马仔。我冲它做鬼脸，它的表情有点儿囧，应该是明白了我的意思——这世界上最大的教堂也装不下它行下的恶——突然羞愧难当，一头溜进林边的草丛。

男人手遮额头说，"下雨了。"女人叫起来，"看，那个小呆子。"火焰在我竖起的中指上燃烧。女人身上的树叶掉下来，下腹处露出一条伤口。

"这令我想到一幅意大利的殉道者画像，他的内脏慢慢地从伤口中流出来，并缠绕到一个卷轴上。而整个世界就是从这幅卷轴上开始的。"我喃喃自语，感觉到饥饿的火在烘烤着胃，便抓起窗棂上的瓢虫，喂入嘴里。嘴巴咔嚓咔嚓，像锯子一样。瓢虫的头是臭的，甲壳与葵花籽一般咸，内脏是甜的，像喜之郎果冻。每天中午，瓢虫飞过来，呆到天亮才肯飞走。不知道是从哪里飞过来的。一只一只，成群结队，犹如驯服的羔羊。

木头螺旋式地往窗下延伸。瓢虫在窗棂上爬得歪歪扭扭。世界上下摇晃。得把它倒过来。我气沉丹田，腰间发力，脚朝天花板。脚掌在空中拍打。

男人与女人出现在窗口，好奇地往屋里张望。好奇是根本的原罪，因为好奇，所以贪婪、傲慢、妒忌、暴怒。我瞪起眼，在这种倒立状态下撒尿是困难的，可我还是完成了这种不可能的任务。尿液淅淅沥沥。这些由肾脏生成，经膀胱排出、酸碱值高达PH8.0的液体，溅到他们身上。男人脸上蓦然出现痛苦的表情。女人尖叫起来，愤怒地从口袋里摸出东西朝我扔来。是石头——我立刻知道了她的名字，美杜萨——所以我不看她的脸，去看手掌上的那一点尿渍。淡黄色的尿渍没让我成为伟大的柏修斯，但还是帮我提供了众多镜中的形象。我看见，石头每扔出去一块，她的身体就变轻一点。当她扔到第七颗石头的时候，嘴巴变尖了，肩膀上伸展出一对翅膀，胸腹间更生出一对利爪，一下子，好像大风刮过，她把那个眼神无比忧郁的男人攫在爪下不见了。一种奇异又赤裸裸的寂静当头罩下。世界恢复了正常。千万棵树的梢朝他们消失的方向齐刷刷弯下身，捧出玫瑰的形状。苍茫大地在我耳中发出一阵阵轻微的响。

　　"玫瑰，玫瑰，我爱你，就像老鼠爱大米。啊，耶路撒冷大学的研究人员日前首次公布了《老鼠骨骼断层扫描图》，如果把老鼠按比例放大并舒展开来的话，除了脸部、足部和尾巴外，老鼠的骨骼构架同人类相比，几乎没有什么区别。"我捡起石头，热得很。上面犹有女人温腻的体温。石头是黑色的，里面有种类繁杂的花纹于其中上下沉浮流转不息，还有阿拉伯数字，是一个篆体七。我认得它。这种字体是那个打小立志要当仓库里最大只老鼠的李斯所整理出来的一种书写标准。我还认得许多东西，包括天天叫喊要为玫瑰发起一场战争的白雪公主。

　　白雪公主常推开窗户，去看她的王子。如果窗户下很多人，白雪公主就很快乐，把黑色光滑的长发垂下去。我希望有一个英俊的年轻人能沿着她的头发爬上来，可这样的事从来没有发生过。真奇怪。他们与魔术师一样，喜欢从身体的各处拿出种种匪夷所思的刀子捅来捅去——就好像他们的身体就是一个刀剑库，捅到最后，那个活下来的人就又老又丑。这时候，白雪公主只好把头发收上去，然后唉声叹气。从她檀香小嘴里喷出的气流就把那个又老又丑的人吹掉了。窗下，更多的时候是空空荡荡，也不能说是空空荡荡，还有蚂蚁、下雨天钻出地面伸懒腰的蚯蚓、一两只屎壳郎——它们推的粪球好大，而且非常圆。这个时候的白雪公主特别失望。她说，这个时代出了毛病，连一个王子都不能提供。不能为故事提供一个幸福的结局。她悲伤的样子真不好看。我就拿起书，使劲儿地拍打她的脸。

我这样做是有道理的，是有文化的根。

那还是在大唐盛世，有个杨玉环。养在深闺时，非常瘦。她若打开窗户，巴掌大的黄鹂都可能把她衔走。这不吻合开元年间的审美风尚。虽说那是一个"稻米流脂粟米白，公私仓廪俱丰实"的年代，不必担心饿死，但闺女嫁不出去也能把做娘的急死啊。她母亲悲伤不已，整夜啼哭。哭着哭着，某天夜里，化身为鸟，直飞上天，绕天上那浮在云端的白玉城三匝，不餐不饮，哀声长鸣。三个月后，城门打开。出来一位女仙。这不是一般摘桃子替王母娘娘打扫庭院的小仙女。唤作夏姬，当年艳名播于天下。肌肤若冰雪，绰约如处子。其绝美姿容，撼人眼球。夏姬少女时因在梦中与仙人交媾，得习"素女采战之法"，享天地之寿。曾有三位国君为其入幕之宾，称三代王后；先后七次下嫁，号七为夫人；九个男人死于裙下，又名九为寡妇。古来贞女皆寂寞，唯有荡妇留其名。夏姬上天后，榨干了许多仙人之真阳，据《天庭娱乐周刊》主笔不点名地撰文指出：某姓张的管事老头儿也与夏姬有过几腿，搞得不再早朝了。王母娘娘大怒，作河东狮吼，发赫后之威，贬她至城门处做清洁女工。夏姬心头烦闷，每日闲着无事，用长长的彗星编扫帚，再拖着扫帚扫那青泠石阶，把那块众人踩的脏石头愣扫成一面光滑可鉴人影的镜子。每日子时，夏姬问道，"镜子啊镜子，天底下最美的女人是谁？"石头毕竟是石头，再怎么擦洗也不会是魔镜，始终沉默不发一言。这情形真是寻寻觅觅，冷冷清清。夏姬眉头蹙蹙，在青阶上恹恹卧下，懒梳妆，与自己的影子交颈而眠。影子没有体温，但好歹也算是一个怀抱，聊胜于无。能怎么办？没有男人的生活应该怎么办？只能忍，或者撒一把铜钱在地上再一枚枚摸起。城外鸟声聒噪，眼泪扑簌簌的夏姬一忍再忍，眼瞅青阶上映出几字"在天愿作比翼鸟，在地愿为连理枝"，终于忍无可忍，出城门揪住鸟翅，大声说道，"每夜午时，掌掴她一百零八个巴掌，便可得丰腴圆润。"就这样，玉环，被掴成寿王妃，掴成了杨贵妃，从此"回眸一笑百媚生，六宫粉黛无颜色。"

我得意地笑，得意地蛙跳。蛙跳，顾名思义就是像青蛙一样下蹲、蹦跳。这是一种超越了楚河汉界的战术，它抓"一个中心，两个基本点"，是泡妞的无上境界。我说，"驾。"

我说，"驾！驾！"

我想跳到白雪公主的肚皮上，扯住她漂亮的长发，骑着这匹白色的还没有发育完全但性别已定的雌马，往昆仑疾驰而去。

"昆仑，西海之南，流沙之滨，赤水之后，黑水之前。高一万里，方圆八百里。有用上等白玉酿成的叫玉膏的饮料，用玉井水洗过的吃了能在空中行走的碧瓜，有炎火中滋长出的种种奇兽怪禽，还有深潭边卧俯的每隔千年就蜕掉其五脏的白色龙螭……这些并不稀奇。那里的仙女不仅能奏九韶之乐，更可为秦穆王这种级别的来宾宽衣解带，一荐枕席。所以，上那的成功男人特别多，经常有几个钻石王老五大驾光临。公主啊公主，王子已改名叫钻石王老五。你要懂得与时俱进，懂得去争取机会，要主动，要勇敢，而不是整天坐在城堡里扯头发，你才能拥有一个让人柔肠百转的故事，故事的结局还是幸福的。当然，我理解你可能会因为自己的容貌有点儿自卑，缺乏信心，但，再丑也要谈恋爱，这样才能谈到世界充满爱啊。"

我语重心长。我的好心喂了狗。

白雪公主羞恼地呸了我一脸唾沫，扯下几缕头发，狠狠地抽在我脊背上。"真爽。这叫 S 与 M。钻石王老五就爱这套。平常剂量的刺激不能打动他们那颗曾经沧海的心。公主，你真聪明。过去要想抓住一个王子的心，要先抓住他的胃；如今要想抓住一个钻石王老王的心，就得拿皮鞭把他抽出高潮。"我大声赞美，如同一条发现了骨头的狗一样，因为目睹了真理在一刹那露出的容颜，在房间里蹿高伏低。白雪公主仿佛被螫了，骂道，"放狗屁，不对，狗放屁，不对，你丫是条放屁狗。"白雪公主汉字的造诣蛮高的，都能准确理解这三个词汇所包含的不同感情。我一时呆了。白雪公主没再瞧我，扁平的胸部在月光下闪闪发亮，"阿槑呀，你在哪本童话书里见过王子有一个要吃东西的胃？真正的王子只需要我的吻。要不……他就不是王子，是假冒伪劣产品。啊，溪流潺潺，远山青翠，鸟儿啁啾，风景如画，王子和公主并肩散步，后面跟着一匹白龙马，王子低声唱道：我当个城管多么荣耀……"白雪公主脸上转换过七八种表情，猛地定格，尖叫起来。有了快感你就喊？白雪公主平时没见有舞文弄墨的爱好呀。我诧异地顺着她的视线望去，赶紧把她塞进我的梦里。

混沌

二

我有很多梦。它们堆在屋子里，飘在树的枝丫间，挂在长满青苔的墙壁上，有时又像 NBA 赛场上的篮球在地面与篮网间弹动。它们是一大堆泡泡。一眼望过去，它们几乎毫无差别，但若用了放大倍率在三千以上的放大镜，便能看见泡泡里藏有众多顽皮的精灵，又老又丑下巴垂到地上的巫师、肌肤雪白乳房比雪梨还要坚硬的处女、整天拿把斧头砍树可从不见伐倒过一棵的工人、种的韭菜比巴西的热带雨林还要高大的农夫、喜欢看狮子与已婚妇女拼死搏斗的威严的国王……当然，还有喜欢做各种稀奇古怪的梦（包括春梦）的白雪公主。

所有的梦，都被人梦过，都曾像被嚼过许多遍，再被许多人踩过的口香糖，在每一个人的梦里出现过。它们把大家的脸弄得又湿又滑又脏又臭又皱。这是一种很糟糕的感觉。

这种感觉比被人忽悠重金购买王羲之的亲笔书法"我有一个梦"还要糟糕。

我小时候，应该是我三岁的时候，那个大家让我叫她妈妈的女人，在一间逼仄的小屋里搂着我，眼睛里涌出许多肥皂泡一样的碱性液体，结果就把我的脸都弄皱了。我并不明白我为什么要叫她妈妈。也不知她额上为什么会被人写上一个墨意淋漓的"拆"字。她有一双迷人的丹凤眼。大家说，她生了我。我不明白她是从哪里把我生出来。一个烂眼女人指着妈妈的胳肢窝说，"这里。"红鼻子的女人骗了我。有一天，我读了书，懂得女性分娩的整个过程。我在她的子宫里呆了十个月，呆到七斤七两的时候，她那个器官开始一种不规则、间歇性的收缩，两天后，阵痛袭击了她，这是一种强度不断增加的疼痛，最后的强度堪与十二级台风卷起的潮水相提并论。潮水撕裂她。把我弄到人世间。我被一个圆脸阿姨倒提双腿，被她瘦小有力的巴掌上下拍打。我以为自己还要继续"被"下去，比如被打死，所以不得不迅速发出嘹亮的哭声。我恨她。我恨屋子里所有见死不救的人——难道他们都是"被沉默"、"被冷漠"、"被含蓄"、"被奴性"？我攥紧拳头。被人强行从一个容器里倒出来太痛苦了。我想日这个"被"字的祖宗。所有的毛孔都各被刺入了一根细得看不见的针。针在我血管里游，还游出了前后左右，与快慢强弱。我往四周张望。窗外，一个有着落地玻璃的房间内，一个穿白大褂的小孩子奋力扳倒桌上的鱼缸。力气真不小。鱼全跑到地板上，在湿漉漉的越来越薄的水面上喘息。是金鱼。鼓着蓝黑色的眼睛。红色的大尾巴扬起来，扬了半分钟，落下去不动了。又过了一会儿，一群群苍蝇落在它们粉红色的腮边。没有谁想被倒出来的。还是头朝下。我冲着那个惊骇的缩向房间角落里的孩子露出苦笑。这样大的小男孩是地球上最可怕的生物，他们有好奇心、行动力、破坏力以及《未成年人保护法》。我嘟囔着，被圆脸阿姨扔进水池，被洗干净，被称了体重，被毛巾包裹好，然后被抱回丹凤眼旁边，就像一份被细心包裹好了的巧克力蛋糕。圆脸阿姨说，"这是你的儿子，大胖小子。"

一个丑陋的有着一只硕大无比的鼻子的我要叫爸爸的男人，在产房外面马上翻起跟斗。这个愚蠢的以公共知识分子自居的人，若知道隔壁婴儿房里将要发生的事情，他还会这样快乐地翻跟斗吗？

我被送到婴儿房，悲伤不已。胸口多了一块铁牌。上面有一个阿拉伯数字。是七。男人是七画。毕达哥拉斯认为，数字具有精神上的意义，可以揭露万事万物背后的真理。这可能是真的。到七夕夜，孩子们比赛念绕口令，双手合掌，边念边看北斗七星，"七簇七粒星，七月七日连念七遍为聪明"，谁若一口气先念完七遍，就是最聪明的。我是七。但七，并不是说就有多好。世上有七剑下天山，也有七宗罪。更何况，从星期一到星期天，就有七天，这是一个无法摆脱的轮回。连上帝也置身于他所创造的这个大钟摆里。当然，这些道理是把我生下的那对男女所不感兴趣的。他们的身体被幸福填满，填得满面红光。大鼻子男人忙着给医生护士鞠躬，散发早已准备好的奶糖、红茶蛋。红包在丹凤眼女人躺在手术台前就已送好的。给一位叫晓晴的四十七岁的妇产科主任送了五百。若不送五百，这位县城第一妇科圣手兼工会主席就要去省里开妇女权益保障大会。给一个叫刘红霞的助产士送了二百。刘红霞就是那个圆脸阿姨。

以下发生的事，跟刘红霞有关。她有个堂妹，因为未育，想去抱养儿子。这种心情可以理解。但她的堂妹应该花钱去外地买一个。县城里一些生不出儿子的穷人家都这样干。一个刚出生的婴儿，若是男性，八千块；若是女性，四千块。可为了省钱，她堂妹要她帮忙。刘红霞买房时借了堂妹的钱。这个情是要还的。所以她来到婴儿房，打量了我四遍，打量了我隔壁床位的那个胖小子七遍——他重七斤八两，比我重一两。他爸妈没给刘红霞送二百块钱。刘红霞没再考虑下去，抱起七斤八两，蹬蹬蹬来到医院后门口。她堂妹早守候在那。七斤八两本来要姓姜，现在他将改姓李，李世民的李。我在许多年后的一张报纸上看到七斤八两长大后的相片。他比我帅多了，脸颊上还有两个迷人的小酒窝。刘红霞送走七斤八两后，回来告诉姜姓夫妇，他们的儿子死掉了，扔厕所里了。生了七斤八两的女人就哭。姜姓男人就说，这是讨债鬼哩。去了好，明年再生过一个。那女人就不哭了。这件事之所以会上报纸，是因为刘红霞后来信了主，跑到教堂做忏悔，被几个淘气的躲在忏悔室里的孩子听到，就传入姜先生的耳朵。姜先生曾供职于县里的光明机械厂，老婆一口气生了二个女娃后，被单位上开除了，在菜市场摆摊卖辣椒干。听闻自己那个死掉的儿子居然一直活着，还喊别人叫爸，当下半信半疑，用几块奶糖把七斤八两骗到省城医院做亲子鉴定手术。回来后，就与刘红霞与她堂妹打起官司。

　　如果刘红霞当初抱走的不是七斤八两，而是我，整个人世间是否会像混沌学里所描写的那样，因为一只蝴蝶的翅膀，与现在变得完全两样？这是不可能的。应该还有什么东西，是在蝴蝶效应之外。这个外，是指宇宙之外。蝴蝶的翅膀，是宇宙内的一小团瑰丽的影子。我喜欢这个比喻。它是我的脑子分娩出来的。所以我也喜欢那个写《洛丽塔》的傲慢的喜欢捕捉蝴蝶的俄罗斯人。他叫纳博科夫。把他的名字书写在纸上，纸张渐呈透明。把他的名字写在石头上，石头变得像蛋糕一样松软香甜。风把他的名字吹散在空空荡荡的旷野上。各种蝴蝶嗅到这种古怪而又奇异的香味后，急急忙忙从四面八方赶过来。他的名字在蝴蝶的翅翼上闪光。有时是青光，有时是白光，有时是蓝光，有时是黑光……总之，比自然界所有的颜色加起来还多出一种。这些承载其名的蝴蝶被制成美丽的标本，放在用水晶与书页镶嵌的盒子里，无声地呼喊。靠近盒子注视它们的人要被一种晕眩驱使，像饥饿的人被食物所散发出的香味所驱赶，他们情不自禁地张开嘴，舌尖向上，分三步，从上颚往下轻轻落在牙齿上。

　　我能不喜欢这个男人吗？我都渴望把他从这些闪闪发光的标本里剥出，偷偷藏进自己的口袋里。闲着没事，拿指头捏他的嘴，拔他的眉毛，或者干脆屈起手指头敲他的后脑勺。我常坐在屋子里呆呆地想。我都想把自己的两只胳膊变成翅膀，飞到空中去，哪怕别人用猎枪对着我，我也不怕。我能像信鸽一样飞过丘陵，像大雁一样飞过河流，像白头翁一样飞过海洋。但问题是，当我来到他的坟墓前，用尖硬的喙掘开湿润的土地，我能在那里找到什么？也只能在那里找到土。只不过是颜色要更黑一点的土。或许土壤深处还有一根用来绞死中年男人的绳索。

中年男人都是可耻又可怜的。那个想夺回儿子的姜先生，在法院几进几出，如同一头咆哮的受了伤的狮子。大家以为他会像董存瑞一样举起炸药包，他却在法院门口跪下，用头去撞地，把路面撞得殷红，把那用尺许见方的大理石铺成的路面都撞出宫商角羽。这种音乐的节奏显然于事无补。那大理石的底下是湿润的土，又不是女人的子宫，哪能生出一个儿子？

"他真蠢。一把年纪活到狗身上了。抢儿子有啥意思？信知生男恶，反是生女好。生女犹可收财礼，生男就得当马牛。为什么就没有一点投资意识？现在男女性别比例严重失调。未来二十年，每一百个男人就有十五个讨不到媳妇，过不了合法的性生活。"蒲公英在我窗口跳着舞，快乐无比。它用一种傲慢的得意洋洋的口吻说道，"他是傻X。人又不聪明，还学人家秃顶！我这样说是不是显得很邪恶？邪恶啊，这是一种比善良更积极的品格。看见别人一脚迈向深渊，难免会产生快意……"

我打断它的话，"天底下的动物与植物都知道这位姜先生是傻X，你这样说，是不是要我给你一面镜子，这样，你想找比傻X

还要傻 X 的存在时，只要自己瞅瞅镜子就好了。"

我对蒲公英是有感情的，每到春天，它们唱着歌儿飞到窗前，给我讲述什么异域风情、宫闱秘闻、闾巷故事、街头野史，以及什么铜须门、艳照门、劲舞团堕胎门、猥亵门等等。它让我知道了这个世界有很多很多的门，理解了所有的实在、存在、虚构、想象、时间都与门这种形式有关。它甚至会用一整天的时间来给我讲述那座伟大的能让恐怖分子也迷路的北京西直门。

蒲公英唱过几段俳句，把头顶白色冠毛结成的绒球朝向窗外逐渐合上的暮色，声音低沉下来，"他去给人送钱。手上的辣椒粉呛得人家两眼流泪。他去绑架法庭书记员的儿子。书记员又不是庭长。他绑错对象，只好被击毙了。他真蠢。他手上有辣椒粉，他老婆手上有辣椒粉，他二女儿手上有辣椒粉，他三女儿手上有辣椒粉，可他十六岁的在深圳的大女儿手上没有辣椒粉。那是多么水嫩的一个女孩儿，上可陪区长谈诗论道，吟床前明月光，地上鞋两双；下可与流浪青年一起摇滚，高音嘶哑，犹如一只在烂泥里打滚备受苦痛折磨的雌兽——人送绰号：布吉一枝花。布吉是深圳的一个镇。京九、广深、平南铁路穿镇而过。动态人口超过二百万。能在这么多人中混出字牌，岂是等闲之辈？有她出马，还愁搞不定区区一个庭长？别说一个，十个也不成问题。"蒲公英长叹，"这都是不尊重女性的结果。知道厌女症吗？这种'有组织的、制度化的对女性的仇恨与暴力'可谓历史悠久，在全球普遍存在，体现在各种不同的文化中，且积重难返。"

这年头，连植物的话都不可信任了。也难怪这种菊科属多年生草本植物只配给人利尿、缓泻。十六岁的小女孩儿都被它说成是黑社会老大……老大的情妇？这是在诽谤我们有五千年光辉灿烂文明史的伟大民族！还狗屁厌女症！这完全是一些心理变态扭曲的女人强加给男人的罪名。如果说人间世有一种东西，名曰道德，那么这种女人的存在本身就是一种不道德。所谓"操之则逊，不操则怨。"我不得不愤怒地掐住蒲公英的脖子，用力地拧，拧啊拧。对敌人仁慈，就是对自己残忍。我大声吼道："别用你的性别来挑战我的个性，那会让你死得很有节奏感！"蒲公英发出声声惨叫。门突然被推开。是大鼻子。朝我竖起手指。"阿粿，你想干什么？"

他竖起的是中指。他真幽默。他应该朝丹凤眼竖中指。丹凤眼应该及时把食指与拇指合成圆圈，这就对上了暗号，就跟杨子荣说"天王盖地虎"，座山雕喊"宝塔镇河妖"一样，要不大水就会冲了龙王庙，丹凤眼的食指与拇指会攥成拳头，击打在他鼻梁上。大鼻子的鼻梁是橡皮做的，弹性特别好，经过那么多次的击打，也能巍然挺拔。

我把蒲公英揣进口袋，说，"我要去吃鲸鱼。"我想了想，补充道，"你说我太笨了，你说吃鱼会聪明一点，你打小就告诉我说世界上最大的鱼是鲸鱼。你搞错了。准确说，是你撒谎了。你其实早就知道：鲸鱼不是鱼，可你怕麻烦图省事。唉，宁愿相信世间有鬼，也不能相信男人那张破嘴！但，我还是决定听你的话，要不，我没法证明我吃了鲸鱼后还是会与现在一样笨。这叫证伪。证伪主义可以避免对错误理论的辩护和教条。听不懂？难怪你这种知识分子当初会被引蛇出洞了。"我在梦里快乐地对着那个大鼻子男人说着话，并伸出手指头朝他指指点点，我指一下，他变小一些；我点一下，他又变得更小一些。最后，他小得几乎都不能看见了。我有点难过，只好哭。结果，他就顺着我的泪水一直爬到我的鼻梁上，很开心地用指甲抠我的鼻腔，还说，"痒不痒？痒不痒？"

"当然痒啊。笨蛋。"我用力地打出一个喷嚏。他咻地一下像一颗子弹击出枪膛，虽然子弹的直径不算太大，还是足以把泡泡撕开。

哗，哗哗。哗哗哗。

呱，呱呱。呱呱呱。

风吹进泡泡里，有东南风，有西北风，它们像台阶一样，一级一级。我蛙跳着，拾阶而上，来到泡泡之上。世界的光在这里分成两半，一半明，一半暗。活人住在亮的这边，死人住在暗的那边。右边的夜穹好像是一床青色白点子的印花染布，铺展出幸福生活。左边青灰色的天空则似一条被打瘸了腿的老狗，在一声声狂吠。很奇妙啊。天空啊，你就像鸦片一样让人上瘾……我揉眼，揉鼻子，吟了一句诗，嘴巴不由自主地打出一个响亮的喷嚏。我打疼了自己的左脸。

白雪公主从我鼻子里跳出来，一脸愠怒。

为什么她不从别人的鼻子里跳出来？这可能因为我是男的，

她是女的。她有大大的乳房，我没有。我在兜里摸出两个白面馒头，放在胸口。饿了没？我关切地问。白雪公主一把抢过馒头，大口地咬，"阿槑，你真好，你终于答应带我来外面玩了。"

"不。我是带你去寻找王子的。"我撒了谎，没交代自己刚才跳窗逃跑是因为我在进门处拉了一条绊马绳，大鼻子男人因为这根绳子不幸摔倒。老实说，白雪公主有没有王子关我鸟事。公主与王子在一起还能干什么？也就是生下一大堆小王子，浪费地球资源，制造人口危机。若是白雪公主真找到一位以做城管为梦想的王子，那我恐怕就要成为男版潘多拉，被钉上人类的耻辱柱了。但为了看脸色酡红的白雪公主——天哪，王子这个词语果然是神奇的换肤霜。白雪公主在听到寻找王子这四个字后瞬间变身为一颗犹带有晨露的羞答答的草莓。

"阿槑，你坏死了。谁稀罕王子？"白雪公主羞答答的，转移话题，"阿槑，若你爸发现我，会不会像摔死那条狗一样，摔死我？"

"你又没狂犬病，我爸干吗要摔你呢？别忘了你的身份。你可是公主哦。'天子嫁女子于诸侯，必使诸侯同姓者主之'，故谓之公主。没看过《公羊传》？没关系，看过《安徒生童话》也是好的。公主，就是那种在十九层鸭绒被上，还会因为底下的一粒豌豆而整夜无法入眠的神奇而又美丽的生物。"我快乐地剥起手指甲。

"你爸为何要朝你竖起中指？"

"他觉得我是小怪物，一种比客厅里摆放的电视还要粗俗、下流、愚蠢的怪物。若是时光可以倒流，他们一定很乐意刘红霞抱走我这个七斤七两。在我三岁那年，院子里躺了一只小麻雀的尸体。丹凤眼与几个大人问我们几个在一起疯玩的孩子，小麻雀怎么死的？大家说，它老了！它被坏人打死了！它没有树做家了……问到我头上，我烦着呢，就说：它没钱送礼，也不肯陪领导在床上跳舞，它领导就把它逼死了。我说得很小声，可丹凤眼还是听见了，就喊——老天，我怎么生了你这样一个怪物？"

白雪公主被我学丹凤眼尖利的嗓音逗笑了，心满意足地拍着肚子，打着饱嗝跳到我的睫毛上，望着那条蜷缩在暗处的老狗，咭咭地笑，"在这里，做老天爷可真够难的。还得为一个三岁的小怪物操心。对了，我想去那边！"白雪公主坚决地伸出手指头。一张长满雀斑的傻傻的脸在我眼前晃来晃去，晃得我头晕。

我仰望天空，双掌合十，喃喃祷告。

"阿粿你干啥？"白雪公主满腹狐疑。

"快点许愿！快点啦，等会就会不见了。"

"流星在哪？"

"笨蛋，那个飞机的灯不就是了？"我大声叫道，掀起她窄小的裙子，抡起巴掌在她臀部恶狠狠地拍。咦，好像被什么东西咬了一下。里面有螃蟹？

于是，我又拍了一下。一下比一下重。

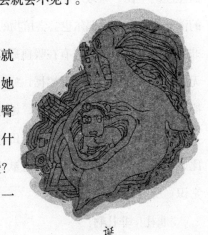

诞

三

流星是有灵魂的。飞机当然也有。那坐飞机在空中来来去去的，可是那让天下男人徒然羡慕的陈家小生？

"陈本纨绔，发迹于西洋，苟全性命于香港，不求闻达于英皇。阿娇不以陈风流，猥自枉屈，三顾陈于旅馆之中，咨陈以房中之事，由是感激，遂许阿娇以驱驰。后值拍照，受任于酒酣之际，奉命于两股之间，拍出二十有一卷矣……"

幽暗的词语在空中不断繁殖，如同黄梅天的蚊群迅速纠结成黑压压的一团。雄蚊子吃素，专以植物的花蜜和果子、茎、叶里的液汁为食。雌蚊偶尔也尝尝植物的液汁，然而，一旦婚配以后，非吸血不可。因为它只有在吸血后，才能使卵巢发育。我在心底无限感慨。白雪公主理好裙裾，疯狂地扑来。她尖利的嗓音足以撕破月亮女神的衣裙。说实话，她的屁股又小又没有弹性，手感实在不好。我跳到一边，气沉丹田。要想让对方闭嘴，就得喊得比她更大声，像陈家小生那样道歉，只会把事情越搞越大。这是常识。所以，我喊。我再喊。

"非礼！非礼啊！"

我的声音是如此之大，世界这个钟摆被这股汹涌的声浪推得朝反方向摆动起来。于是，白雪公主越是想到我这边来，她离我的实际距离也就越远。毫无疑问，她对我挥出的巴掌也一个不留全落在她那张干巴巴的小脸上。这要是把她打回了一颗受精卵可不太好。这不符合进化论。我抓住钟摆，对着气喘吁吁的她露出绅士的笑容，"喂，你不是想找你的王子吗？他在那。"

我朝暗处指去。那里燃烧起一丛火焰。火焰里有四五块飞机的金属残骸。一个模样俊俏的少年坐在一个黑匣子上，茫然地看着这个世界。

"快去啊，要不，你的王子就要被火焰的舌头吃掉了。"

这是一个扒飞机的少年。脸上并没有覆盖着一层信鸽那种细而密的绒毛。零下摄氏度的高空气流没有冻死他。真是奇迹。难道他胸腔中有一颗火热的要为全世界人民谋幸福的心脏？白雪公主狐疑地瞅着少年瘦骨嶙峋的挂着几根布条的胸脯，变戏法似的摸出一副塔罗牌，开始占卜。

这个死丫头，也不晓得在我梦里偷了多少宝贝。我笑眯眯地踱到少年旁边，"喂，从天下掉下来的家伙，你的勇气与长剑呢？"少年如梦惊醒，突然嚎啕痛哭。他的眼泪真多，一眨间，整条街道都在他的泪水中浮了起来。该死的家伙，我的鞋子都被打湿了。我跳到街道中央的大理石的塑像上。白雪公主撇嘴说道，"这样的苕货，也是王子？"

"呸，你懂不懂，人类流泪是适者生存的结果。眼泪中含有溶酶菌，这是一种人体自卫物质，它能保护鼻咽黏膜不被细菌感染……唉，说了你也不懂。看过圣斗士吗？圣斗士喊一声'赐予我力量'，就会获得无穷的力量。王子这是通过眼泪获得那千百年的经验与智慧。不然，他咋能认出你？顶多当你是一个拇指姑娘，没事拿小手指头拨弄着你还没发育的乳房玩。"

　　白雪公主下意识地捂住胸，眼里有怒火喷出。幸好，当她的小拳头离我鼻尖的距离只有零点零五厘米时，那少年说话了，"这是哪？"

　　少年哭累了。

　　"如果真的累了，就变成一只蝴蝶逃开吧，不要让自己太累。"我嘀咕道，把白雪公主的拳头放回她的胸口。啊，这里与刚出笼的旺仔小馒头一样香甜。我咂咂嘴，又想吟诗，吟了一句，灵感被白雪公主的神态吓没了。难道这少年上辈子真是王子？白雪公主的嘴大大地张开，是一个洞。我都想往里面扔花生米了。她艰难地合拢嘴，牙齿却在打战，她的虎牙好像都有点松动了。一个词语艰难地从她的喉咙里爬出来："妈呀。"

　　我的脊背凉了。扭头一看，我母亲的妈呀，所有的窗户都朝我们打开了，各种形状的窗户里都同时露出一张张表情迥异的人脸，有的窗台上还站着几只鹦鹉、哈巴狗、蜥蜴。那狗的舌头真长，拖到下面那个没有表情的人的额头上。我赶紧跑。跑了几步，不对劲。天地间响起一声霹雳。所有的窗户啪的一下全部关上，仿佛从来没有打开过。若不是看着窗户里的灯，按照某种难以理解的神秘规律，一盏接一盏迅速消失，我还真会以为自己又来到梦里。

少年眼泪汪汪地说，"飞机失事了。"我与白雪公主一起点头。就算是聋子与瞽者也晓得飞机失事了。我指指火焰，"你爸在里面？"少年摇头。我说，"你妈在里面？"少年摇头。我说，"那你哭什么？"少年小声说，"没飞机坐了。我这还是第一次坐。"

我恍然大悟。白雪公主细声细气地说道，"别伤感，没关系，前头还有飞机场，你再去找一架。"少年被这个突兀的声音吓了一跳。我忙打手势，示意这里还另有其人。少年的目光四处搜索，终于看见在我肩膀上跳来跳去一脸愤然的白雪公主，惊讶了，"这是什么东西？"我说，"这不是东西。这叫白雪公主。你没看过童话书？"少年摇头，点头，又再摇头，"看过神笔马良"。真辛苦。这一会儿工夫，他都把头摇成拨浪鼓。也真是孤陋寡闻的家伙，一点都不晓得人情世故。没看过也完全可以当自己看过啊。这又不可耻。如今这时代连博导都敢在自己没看过的论文上签名。这太打击白雪公主了。我在胸口划了一个十字。果不出所料，眼圈红了的白雪公主，再次尖声叫道，"你们这对没人性有兽性的畜生！"

阿鸟结结巴巴，"她会说话？"我没理会这种愚蠢的问题，说，"禽兽尚且有半点怜悯之心，而我一点也没有，所以我不是禽兽。而这位同学看他模样也不似狼人，公主你这样恭维他，他会不好意思的。"白雪公主一口气没吸入肺里，竟无语凝噎，眼珠翻白。我掐她人中，按她后脑勺的风池穴，等我开始考虑是否有必要去做人工呼吸时，白雪公主及时清醒，也不说话，泫然而泣。她的泪水与少年的不一样，每一粒滴到手中，都像小玻璃球。我在指缝里转动着它们。

少年小声说道，"她怎么了？"

我指指地上乱七八糟的尸体，说，"她希望我们火葬了这些不幸的回到主的怀抱的人。阿门。火焰，你这万能的主……不对。回到主的怀抱是主的恩典。他们是含笑逝去的，并非不幸。"我敲敲太阳穴，指挥满头大汗的少年把这些遗体抛入火中，高声咏叹，"焚我残躯，熊熊圣火。生亦何欢，死亦何苦？"

我们的名不过是地里的庄稼，被一只看不见的没有情感的手种植，也迟早要被这只大手里所握着的光阴之刃一茬茬收割去，以供其果腹。并不会因为某根麦穗特别粗大、饱满，它就不再是麦穗，就能摆脱这种命运。

我感慨万千，嘴中情不自禁地发出那穿越千古的浩叹之声。黄钟大吕之声，当铭石记之。哪里有石头呢？大火把小石头都熔成粉末了。而这个在我肩膀上跳来跳去的白雪公主显然还没有进化成那个能够把整个世界都变成石头的美杜莎。这真让人伤感。我捶背。少年问，"你在做啥？"我白了他一眼，"这叫念往生咒。好端端的人突然变成了鬼，会有怨气的。怨气大了，就是怨鬼。会吃人的，鼓起红眼珠，拖起舌头，咕嘟一下把你的后脑勺吞掉了……"我的话没讲完，白雪公主再次尖叫。本来她站得离尸体有五米远，现在有五十米远了。"阿粦，你坏死了。快过来啊。"

白雪公主直跳脚，若不是害怕更远处无尽的南方黑芝麻糊一样颜色的虚空，她可能已经奔到五十里外了。女人不尖叫就不是女人吗？我问那少年，"你怕吗？"少年摇头，猛地放下手中一具没脑袋的尸体，哇的一声鬼叫，屁股上好像装了一个强力弹簧，呼地越过我头顶。一股凉风当头罩下，鸡皮疙瘩跳出来，脸色绿了，我拔腿就奔。这两个王八蛋，真是禽兽不如啊。

我们一起上路。少年叫阿鸟。据他交代，他母亲生他时，一股大风从天而落，形若大鸟，见物即啄，啄尽村头千年槐树的枝叶，啄去村大队书记承包的鱼塘里的水，也啄去他家那间小茅屋的顶，再卷成一团，朝他母亲的肚皮直扑下来。他母亲以为要没命了，谁知肚皮上一凉，这股怪风就没了，他也站在母亲体外放声大哭。这是阿鸟的名字之来历。

阿鸟说得一脸羞愧。我大惊失色。这是祥瑞。历史告诉我们，但凡猛人降世，天生感应，必有异兆。赵匡胤为何能坐万里江山，就是他生下来赤光绕空、奇香裹体。曾国藩凭什么道德文章冠冕一代，是他妈梦见巨蟒入怀。我非常郁闷。为什么我出生时，不见日月并起，星大如斗，哪怕是一只小蝌蚪随着春风春雨摆动尾巴游入屋内？蝌蚪也可能成为青蛙王子。青蛙变成了王子，就有一个很感人的爱情故事。我瞄了眼瘦瘦小小还没有发育的白雪公主，心中一叹，下意识地又呱呱地叫出声。

白雪公主不乐意了，"你为什么要学蛤蟆叫？小心我把你烤了吃。"

阿鸟说，"蛤蟆叫是咕儿呱、咕儿呱。阿粿是在学青蛙叫。"阿鸟的嘴一下尖一下扁。白雪公主皱眉说，"阿鸟，你真是一只讨厌的鸟。那架飞机怎么摔不死你？"我说，"阿鸟是鸟。鸟从空中落下来，怎么摔得死？除非，你拿枪对着他射击。你有吗？你是女人哦。"我不怀好意地笑。郁闷的是白雪公主没听明白。她猛地拽住阿鸟的鼻子，越拽越长。一厘米、二厘米、三厘米，我为白雪公主呐喊加油。

她气咻咻地喊，"你不是王子。你是匹诺曹。"

阿鸟糊涂了，颈脖子像鸟一样探到我这边来，眼眶红红的，"阿粿，我知道王子。王子基本上在英国。查尔斯王子给卡米拉打电话，想做她的卫生棉条。卫生棉条是什么东西？"

我打断这只笨鸟的话，"用来堵鼻血的。你没流过鼻血吗？我揍你一拳，你就会流了。"

白雪公主若有所思地点头。她的脸没有变成苹果脸。难道她从来没听说过那种棉质的解放了妇女身心的圆柱体？我梦里藏着的那么多生理书，真是浪费掉了。阿鸟又问，"匹诺曹是什么？"我去拍他的大头，"没看过《匹诺曹奇遇记》不是你的错，这怨不负责任地把你生出来的你爸你妈。他们只顾自己的荷尔蒙。但你这样大声嚷嚷是不对的。你显得没文化，这让我也没面子。是不是？"我没理白雪公主。她寂寞了，在阿鸟肩膀上跳来跳去，声音提高到足有一百分贝，"匹诺曹是什么东西？他不是东西，是坏孩子！每当他说谎的时候，他的鼻子就长一截，他连说三次谎，鼻子长得他连在屋子里转身都不可能了。"

我捂住耳朵。阿鸟去摸鼻子。他的鼻子又圆又红。这时候的他完全是小丑。难怪白雪公主越瞧他越不满意，动作越来越暴力。我哈哈乐出声，想把蒲公英掏出来，嘴里喃喃说道，"蒲公英啊蒲公英，你说，那架飞机是不是阿鸟弄掉的？"蒲公英不见了。这个重色轻友的家伙一定是趁我不注意偷偷勾搭奸夫私奔至某处生儿育女去了。我生气地吐痰。痰在水泥地上砸出一个洞。阿鸟没留神，脚崴了，摔倒了。大地震动。地缝里透出一丝光亮。一个模样古怪、鼻子长长的家伙从洞里钻出来，跳到地面，双手叉腰，眼里冒出凶光，"喂，你们踏碎了我睡觉的床。得赔钱。三千。念你初犯，打八折。还有，你们踩伤了我的一条腿，这个医药费也得出，一万。医药费不打折。"我与阿鸟面面相觑。

"这不是匹诺曹吗？"白雪公主打破沉默，咯咯笑了，去摸小怪物的鼻子，"小家伙，你收人民币还是收美元，或是越南盾？"白雪公主摸出几叠钞票。她个子小，钞票面积又大。她像坐在钞票上在空中滑来滑过。敢情，她将钞票当滑板了。

匹诺曹的眼珠越瞪越大，在快要掉下来的一刻，他成功地把它们又塞了回去，嘴里高叫，"乌啦。我都要。我跟你混，好不好？仙女姐姐，我找你找得好苦啊。你把我从木偶变成了人，又不教我赚钱的法子。这些年，为填饱肚子，我受的苦……哇，苦过了解放前。现在买什么吃的，都要钱。连上厕所，也要钱。有一次，看守的老太爷硬把我从蹲坑上拎出来。仙女姐姐，为了一口饭吃，我还能去干什么？我都想再卖身为驴，去马戏团做一个饥饿表演艺术家。可他们说现在没人看马戏了，要看周杰伦，不对，是要看最流行的兽兽门了。马戏团要解散。我只好在地底下钻来钻去，找一些植物的块茎、西瓜籽和樱桃核。太冷了。又冷又饿。这里比地面安全一点，没有老虎，狮子，但土壤深处还是有鼹鼠、蝼蛄、蚯蚓、土鳖虫。它们打来打去。土底下没有日落日出。架打久了，打到后来就没激情了，不富有一点观赏性，中间还可以举手要求暂停跑去大便。咳，我这都在说什么啊？不过仙女姐姐是不要大便的。最可怕的是蛇。这是噩梦。我差点被它当成了晚餐。你看我的鼻子。上面是不是有点缺？蛇咬的。那条连它的子子孙孙都要没生殖器的蛇。咬了我的鼻子后就盘成一团打起呼噜。真奇怪，可是它的尾巴还会左右甩动。幸亏我脚步灵活，才能于谈笑间一一避开。我在地底找到了一本武林秘籍。仙女姐姐，知道《天龙八部》吗？有一种凌波微步。我学了很久才学会的。要不要我走给你看？跟模特儿走猫步一样酷。仙女姐姐，你模样变得真大。我怎么没看到你镶珍珠的高跟鞋，黑麝子皮的短裙，带网眼的尼龙长袜，带铁钉的项圈和用最好的黑狼皮揉成的皮鞭？你把它们藏在哪？我去替你拿。"

白雪公主叭嗒一下从钞票上掉落。阿鸟吐出舌头，看看我，舌头收不回去，被风吹到我脸上。湿湿的，黏黏的，真讨厌，比狗的舌头还可恶。我没说二话，千言万语化作一个动作，跳过去，一脚踏在匹诺曹的头顶，把这个饶舌无比的生物踩进地缝里。踩啊踩，就跟农民伯伯踩秧苗一样。世界清净了。大地重新合上。

白雪公主眼神混沌，"那是匹诺曹吗？"我说，"你见他鼻子长了吗？"白雪公主摇头。我拍拍她发青的小脸蛋，"那就不是，可能是一只受过核污染的臭虫。也可能是诺匹曹或曹诺匹。走吧。或许前头还有一个匹曹诺，知道匹诺曹幻觉吗？就是人的大脑对自身认识产生偏差和误区。一个心理学上的名词。当然，你要把匹诺曹幻觉称之为阿Q精神，我也不反对。世界在我们想象以外，大得什么样的可能都有。而且，很可能，这世界就是由这诸多的可能组成。哎，我是不是也有一点饶舌？"

他俩的目光差点要把我剁成肉酱。我乖乖闭上嘴。我们继续往前走。我在前面，保持沉默。阿鸟跟在后头，保持沉默。这只傻鸟还傻傻地回头望，结果脚又再次受伤，一瘸一拐。还好，这次没有一只可怕的小怪物从地里蹦出来——毕竟世界上不可能时时刻刻都有小怪物出现。受了惊吓的白雪公主没去嘲笑他，老老实实俯在我衣领里，慢慢转动眼珠，打量着这个奇异的活人与死人同在的世界。

说是世界，其实是不对的。世界何其大，我们何其小。我们的眼睛又不是哈勃望远镜，能发现黑洞存在的证据，探测到恒星和星系的早期形成过程。严格意义上说，我们目前在稻城。这里有许多高耸入云的房子。房子与房子几乎要粘在一起，像在跳贴面舞。尖形屋顶的房子是公的，方形屋顶的房子是母的。毫无疑问，这是一座善于叫春的城市。我们绕过这些建筑物，看到了一群在歇斯底里地喊叫的房子。它们的脸上涂满乱七八糟的颜色，还在拼命跺脚、拍手。白雪公主小声说，"它们怎么还不睡？"

"噢，因为在里面呆着的都是一群昼伏夜出的生物。"我朝走出玻璃门的一个浓妆艳抹的女孩竖起手指，"哈哈，幸运五十二大转盘开始滚动。请抢答：她脸上有多少种色彩？"

阿鸟脱口而出，"二百五十种。"

阿鸟到底是白痴还是天才又或者是白痴天才？我侧眼瞧他。阿鸟叉开巴掌，喉咙里劈里啪啦地倒出豆子，"头发上有七十二种，脸颊上有三十六种，指尖上有十……"

我愤怒了，去敲他的头，"阿鸟，我要检查答案正确与否。"阿鸟哭丧起脸。白雪公主有一颗无畏的心，哗地起身抓着我的几绺头发，来回一荡，就荡过去。她的速度太快，在女孩额头上一撞，弹回我怀中。女孩尖叫，"哪个畜生没屁眼？"

这种劲舞团 3D 人物造型装扮的女孩真粗鲁，一点也不尊重排泄系统。我迅速伏身，阿鸟的动作更快，几乎贴得与地面一样平。我去捅他的胳肢窝，"你就是这样扒上飞机的？"阿鸟严肃地点头。女孩可能懂得闻音辨位，立刻气势汹汹地往这边走来。她穿的高跟鞋的鞋跟足有十寸高，且若锥子一样锋利，这要在脊背处跺一下，上帝，我就要进六道轮回了。我望向阿鸟，"你看过邱少云吗？"阿鸟点头。我抓住他的左手塞进他嘴里，沉痛地说道，"生得光荣，死得伟大。"阿鸟的眼眶马上湿润了。于是，当那只高跟鞋眼看要与我发生亲密接触的一刻，我懒驴打滚，接着再一招羚羊挂角，把阿鸟拽到我刚才卧倒处。阿鸟的眼珠子立刻像是要从眼窝里滚出来。那女孩的高跟鞋毫不留情地踏过他的臀部。疼痛在阿鸟的神经末梢处张裂开，撕碎了起码十四亿个细胞。阿鸟悲愤欲绝，喉咙里只有一些不成词组的单音节在回荡。

　　我目送女孩轰隆隆远去的背影，想起上世纪二战时纳粹德国的坦克，轻拍阿鸟的背部，让那些细胞停止分裂。我说，"阿鸟，你经受住了党和人民的考验。在美女裙下也坚持了英雄本色，没喊没叫，没双手投降。你要感谢人民给了你一个成为英雄的机会。阿门。你是新时代的邱少云！"白雪公主从我怀里歪出半个身子，"邱少云是哪本童话书里的主人公？"

　　"公主啊公主，光有一张漂亮的脸蛋是没有用的。新世纪女性要上得了厅堂，下得了厨房；写得了代码，查得出异常；杀得了木马，翻得了围墙；开得起好车，买得起新房，斗得过二奶，打得过流氓……只有这样，才会有王子为你沉睡。想想，你把内功练好，然后请世人转告王子：老娘还在披荆斩棘的路上，还有雪山未翻、大河未过、巨龙未杀、帅哥未泡……叫他继续死睡吧——这有多拉风！我在梦里的第三个房间靠右边墙壁的书橱上搁着的那排革命历史书，你都没看？不看就不对啊。那都是我们稻城人民的骄傲。你是外国人，可现在到了稻城。虽说非我族类，其心可诛。可毕竟这也是白求恩大夫用生命捍卫的伟大的国际情操。情操听不懂？操，听得懂吗？也听不懂？那就回去看书！"

我把白雪公主的头塞回怀里，笑眯眯地望着泪水涟涟的阿鸟，"阿鸟，我想到一个问题。为什么同飞机的旅客全死了，你没死？难道你是外星人？看你的模样不大像。一个大活人怎么可能瞒过那么多双眼睛爬上飞机的起落架，还不被冻死，摔死，或因缺氧而死？你当我白痴？这不可能，除非你能把网游玩得与梁攀龙一样酷，才能创造出这匪夷所思的人间奇迹。可就算是梁攀龙扒完飞机后，也患上高空后遗症，你的听力为何没有半点问题？难道说，你是蒋介石派遣来的特务？"说到最后一个字，我声色俱厉。阿鸟丧失了说话与思考的能力，眼神是直的。这时候的阿鸟可以当滑板。不过，我本善良，不忍心踩上去。我敲敲滑板的头，敲敲滑板的尾。过了五六分钟，滑板响了，阿鸟说，"是啊，阿粿，为什么他们都摔死了，我怎么就摔不死？难道我是翼人？"

　　阿鸟去查看自己的胳肢窝上有没有翅膀。可怜的孩子，看多了租书店里的奇幻小说。连翼人就是鸟人都搞忘了。我拉起他说，"走吧。他们摔死了，是他们命不好。你摔不死，你更命好。俄罗斯一个叫库佐列娃的妇女，一生中与死神打了五百余次交道，被高压电电了，被坍塌的水泥阳台砸了，被剧毒的眼镜王蛇咬了，被飓风卷到万米高空了……就是死不了。看过章子怡主演的《十面埋伏》吗？你与小妹一样，同属于蟑螂体质，还是最强悍的那种。你是否可以发誓那架飞机不是你击落的吗？"

　　阿鸟的眼睛变得比黑曜石还亮，"我看过。我最喜欢看章子怡了。若她能看我一眼，我就是死也开心了。"

白雪公主又从我怀里伸出头。这一次,她表情凶狠,目光阴沉,"章子怡是谁？"

不吃饭的女性这世上也许还有好几个,不吃醋的女性果然连一个也没有。我打了一个哈哈,"哦,她发明了一个新时代的短语:诈捐猛于虎。所谓桃李不言,下自成蹊。巧言令色,自取其辱……"

阿鸟不识趣,打断了我的雅兴,仍兀自说道,"一个国际影星。公主啊,你不知道她有多美。她从武当山悬崖下纵身跳下的那一刻,我的心都要碎了。我都足足流了三天眼泪。"

然后,阿鸟的门牙碎了。

白雪公主吃惊地望着自己的拳头说,"呀,我的劲好大。"

伙伴

四

　　我们来到娱乐城的门口。神话娱乐城。白雪公主看着这七个在夜空里闪着七种颜色的霓虹字就发花痴了。好奇心会害死一只九条命的猫。传说中世纪一只伟大的精通二十门外语的猫——连那诘牙聱口的梵文，它也能倒诵如流——就是因为好奇到底是地球绕着太阳转还是太阳绕着地球转，结果被烤熟了。那是一只很有幽默感的猫，烤得半熟的时候，还请一个路边的老太婆替它翻个身。但白雪公主是不具备这种可喜的品质。

　　该怎么形容？她简直是一头侏罗纪跑出来的雌性暴龙。

　　当阿鸟支支吾吾地问是否有钱买门票时，她的拳头再次击打在阿鸟的脸上，这一拳，就像《黑客帝国》中的史密斯击在尼奥脸上的那一拳。守门的两个帅哥都看呆了。我大摇大摆地走进去。走过弯曲的走道，走过一个像地铁入口那样的大门。大地开始颤抖，沉重的重金属音乐震耳欲聋。强有力带闪光的节奏一下子击中了我的灵魂。然后又是一下。直勾拳、刺拳、组合拳、连续重拳……这该死的节奏是强奸犯泰森击出的。比起泰森，那电影中特技拍出的镜头算个鸟啊。血肉变了形，凹下去，凸起来，再凹下去。我呻吟出声，张开双臂，张开到二百七十六度。

跳钢管舞的，卖摇头丸的，吃软饭的姑爷仔，嗨客，粉妹们，还有铜锣湾的陈浩南与山鸡，我来了！多少次在书本与电视里想象你们真实的容颜，如今终偿心愿。那钱塘江的潮啊，请为我掀起。那太平洋的浪啊，请见证我的心情。眼前喷出庞贝火山口一般的浓雾与烈焰，我听见白雪公主嘴里发出嚼槟榔的声音，她非常镇定地说道，"抓住我的手。"

我伸出手，差点摔了一个狗吃屎。雾气被一团轰然炸裂的光与电攫走。白雪公主这话是对阿鸟说的。白雪公主的小手牢牢地抓住阿鸟的大手。我安慰自己不要伤感，跳上吧椅，朝一个有山羊胡子的男人打出响指。山羊胡子不理我，嘴努向木柜台上的一块铜牌。铜牌上有一行字：不得向未成年人出售含有酒精的饮料。这家伙长这个糗样真是欠揍。这难得倒我吗？难不倒的。只要念出六字真言，就像仙女姐姐对匹诺曹念的那样，这个世界就会随我所愿。诵"唵、嘛、呢、叭、咪、吽"者，即是念观世音菩萨，即是念阿弥陀佛，亦即是念十方三世一切诸佛。我双掌合十，虔诚祈祷。铜牌不见动静。这令我愤怒，体内的小宇宙急剧凝结，当山羊胡子一甩头时，我摸出小刀撬走铜牌，塞进阿鸟的裤兜，再敲敲桌子说，"来一杯血腥玛丽。"

这是一种混合了混特加、番茄汁、黑胡椒、辣椒粉、芥末、山葵、柠檬的酒。我郑重地指出山羊胡子的手法不正宗，他要先拿柠檬片擦拭杯口，再把其倒置于事先平铺好的一层细盐上，再插上翠绿的西芹枝叶与橙皮。山羊胡子马上为我斟上一杯这种喝不醉的鸡尾酒。我呷了一口，惊奇地竖起眼睛。

阿鸟问，"好喝吗？"我点头，眨眼睛，睫毛簌簌往下掉。阿鸟端过杯，吞下一大口，马上咬着自己的舌头哭出来，身子歪下去，双脚张开成大字形，左手撑地，左脚横扫，右脚踢高，然后两只手撑地，双脚腾空，腰往前挺，双腿在空中急速旋转。这是著名的托马斯旋转！白雪公主跳到柜台上，"阿鸟，加油，再来一个大风车"。她的声音太细了。那些为阿鸟喝彩的人没听见。

山羊胡子咦了声，去摸她的头，"哪来的会说话的小机器人？做得好精致。真漂亮。小兄弟，在哪买的？"

"秋叶原。"我嘟囔着，弹着舌头，"老板，你这血腥玛丽太地道了吧。这会死人的。"

山羊胡子说，"我看就像是秋叶原那边流过来的水货。真是高科技。"山羊胡子又想去摸白雪公主的手。一只眼睛看我、一只眼睛看着山羊胡子懵懵懂懂的白雪公主清醒过来，"非礼啊。非礼啊！"她真是一个好学生，我几个小时前喊叫的腔调学足了百分之百，分贝却高，高到不可思议。那老残在西湖边上见过的说评书的白妞算什么？一个新的吉尼斯世界纪录诞生了！那本来如同狂风暴雨的音乐在这个声音下就像蚊子叫。若有哪架飞机听到这个噪音，恐怕也会羞愧得一头撞地自杀。我挺直胸，没倒下。吧台保护了我。地上滚满了大大小小奇形怪状的眼球。阿鸟的眼球还在眼窝里。他仰面躺着，身子瘫软如同一根煮软的面条，不过，舌头犹自在口腔里舞蹈。头发根根竖起的山羊胡子不愧是老江湖，大吼着跳上柜台，对着傻掉的人群扭腰送臀，"嗨，大家好，你们准备好了吗？现在，我送给你们最爽的时刻。我们一起摇！"山羊胡子的腔调极疯狂极粗野，"新一代的洗衣粉，新一代的人。新一代的小姑娘洗澡不关门……"

迪厅恢复了几分钟前的疯狂。那个刺破了他们耳膜的尖叫声并不存在。山羊胡子一抹汗，跳回柜台，"你们混哪的？"阿鸟爬起身，"我是混九州县华夏镇祖龙寨第二村民小组的。"山羊胡子一怔，"猪笼寨？你们是来找茬的？"阿鸟怔了，"找茬？"眼看双方要结下误会，而这位山羊胡子也长得颇像车祸现场，我忙上前解释，"找茬，一套很有趣的电脑小游戏。两张看起来一模一样的照片，有五个相异处，找茬，就是找出这几处。一般说来，照片是让人口鼻流血的美眉图，还都是只穿比基尼的。这考的不仅是你的眼力，还有你的定力。色不异空，空不异色。请别用这样大的眼睛看我。这是《般若婆罗蜜多心经》。当然，你没文化，没读过心经，那也不打紧。你只需打开抓图工具，抓下画面，用Photoshop打开，把一张照片复制，重叠到另一张上，来回调整透明度，就可以很快找到这些不同之处。"阿鸟的眼神有了蓝田玉暖的意味。山羊胡子的下巴磕在厚重的橡木吧台上，"几位不是猪笼寨人士？那这个，这个……"山羊胡子指指白雪公主，没想明白应该如何称呼她，一脸凛然，"这个，怎么懂得小龙女的绝世武功母狮吼？"

笨蛋，白长一大把胡子了。哪个遭了白眼、自觉受了冷落与委屈的雌性不会作河东狮吼？我没再理会这个大脑欠发达的家伙，指指迪厅角落暗处那些抱在一团疯狂地互相啃来啃去还上下其手摸来摸去的男女们说，"公主，你要找的王子会不会在那里？"白雪公主说，"他们在干吗？"山羊胡子接口说道，"发情。"这家伙的脑子里不全是屎嘛。我转回头，山羊胡子推开那咬着他耳朵说话的阿鸟，瞪着白雪公主，一副你的心事只有我懂的嘴脸，"性成熟的雌性哺乳动物在特定季节表现的生殖周期现象，在生理上表现为排卵，准备受精和怀孕，在行为上表现为吸引和接纳异性。"老江湖就是老江湖，说出来的话就是有水平，男人顶多是不懂得拒绝的植物，女人才是真正的动物。我豪情涌上，一顿高脚鸡尾酒杯，"再来两杯马丁尼，记得加一点康师傅绿茶。茶要冻至三分冰，里面以有细微的冰碴为妥。一杯我喝，一杯我请你喝。"山羊胡子眉开眼笑。白雪公主醒过神来，"这位大叔，母狮吼是什么功？小龙女又是谁？猪笼寨在哪里？"

这种问题可以考倒百分之九十的诺贝尔奖得主。我去挖鼻孔。山羊胡子摇动手中银白色的调酒壶，引吭答道，"母狮吼是一种呼吸之术，可以开阔人之心胸，所以古人言，荡胸生层云，决眦入归鸟。意思是：你只要一吼立马山川变色，那只在外面乱逛的鸟就不敢不回家。小龙女是杨过的老婆，是宋朝人。她与杨大侠旷古绝今的爱情感动中国，据说要入选语文教材。至于猪笼寨，你一定是刚来本地。它又叫群租房，隐藏在稻城的各住宅小区。因为一间十平方米房间住着十几个人，在里面住的人多半练了一身绝世武功。他们基本在什么村民小组长大。民间太多隐世不出的高手。最厉害的一种叫如来神掌。懂得这种功夫的高手不用大小便，不必洗澡，所谓污秽自洁。他们也不必去挤那拥挤不堪的电梯，巴掌一挥，就有一朵白云浮前来包裹，然后他想去哪就能去哪，只要意念发动，乖乖，虽千万人吾独往矣。"

"这么厉害？我也要练。阿鸟，快点，把脸搁在桌上，我要试掌！"白雪公主的眼睛里冒出数颗蓝色的小星星。我赶紧拉住阿鸟，把嘴巴贴在一脸兴奋的白雪公主耳朵上，"你还想不想找王子？你还想不想与王子过上幸福的生活，生下十七八个小王子？这掌练不得。说是如来神掌，它还有个别称，叫断子绝孙掌。凡练此掌者，毋论男女，必蓬头污面，命犯天煞，注定孤独一生，无伴终老，连个房子都买不起。知道现在的好男人为什么越来越少么，就是因为房价太高……"

然后，我的下巴掉下来了，脑子里出现纷纷扬扬的大雪。眼前出现一个完美的胸部。那两个高耸挺拔的半圆体呈现出一种极为旺盛的生命力，丰满、匀称、柔韧、色香味形皆全。在这个充满硅胶填充物的时代，竟然还存有这种稀世珍宝。我都要被感动得哭了。阿鸟的反应比我更惨，猛地按住柜台。柜台下方传来一声沉闷的咯。那是小和尚在敲鼓。这孩子吃多了含性激素的食品，发育太早。我慢慢抬头，准备迎接那光辉灿烂的一刻，眼球上一阵刺疼——

胸部的主人居然是有喉结的。

嘴里的马丁尼酒差点把我呛死，我只好把它们喷向空中，心中的无限期待化作熊熊怒火。这酒酿造出来容易吗？每一滴酒要耗费多少粮食？我心头嘘唏，一拍桌子，没敢问是何方妖孽。人妖侧身坐下，翘起兰花指，打扮得像旧社会的地主姨太太，穿露大腿的墨绿色的团花细银边旗袍，嘴巴画得血红。山羊胡子甩手在柜上摆出三大杯倒得八分满的生啤，又再用小杯装了伏特加，点燃，扔进大杯中，一连串的泡泡冒上来。这是传说中的"深水炸弹"。人妖一口气把三大杯酒倾入喉中，趴柜台上不再动弹。我的眼珠子随着他的喝酒的动作上下滚动。

我问山羊胡子，"泰国来的？"

山羊胡子摇头，"你没听见酒在他喉咙里发出的孤独的声音吗？"我终于呕吐起来。山羊胡子叹道，"这可是一个痴情人。妻子病故后，他就把自己打扮成妻子的模样，每晚都来他们初识的地方——也就是我这里报到，再喝掉三杯深水炸弹。这替我拉动了多少 GDP 啊。"

白雪公主小声问道，"GDP 是什么？"

山羊胡子用一种看外星人的眼神研究了白雪公主半天，才说道，"也就是国内生产总值。是用来衡量某地区的经济发展综合水平通用的指标。这是书面解释，实际上 GDP 就是刮地皮的简称。"阿鸟扑哧笑了，唱起童谣，"林大皮，刮地皮，刮得阎王没地住。阎王说，大皮大皮，行行好……"我说，"林大皮是谁？"阿鸟眉飞色舞，"我们华夏镇的镇长啊。你不晓得吧？他都讨了九个老婆，比韦小宝还威风。林镇长生日那天摆酒，九个老婆一个收钱一个记账一个进厨房一个摆香案一个放鞭炮一个挂寿联，另外三个负责花枝招展招呼客人，整个镇子的人都去看热闹。吓，别提多漂亮了，最小的那个才十八岁，就比章子怡差一点点。"

白雪公主跳到他面前，挺起胸，"有我漂亮吗？"阿鸟浑身哆嗦，捂住缺了门牙的嘴。山羊胡子哈哈一笑，"你当然漂亮。隐约兰胸，菽发初匀，脂凝暗香。"白雪公主的脸微红了零点几秒，得意地笑，用一种很蔑视的目光去看那伏案沉睡的人妖。

傻瓜，人家这是说你胸脯上只有一对旺仔小馒头哩。我向山羊胡子翘起嘴角。

山羊胡子看看我，说，"这位小妹妹是……"

"这位是来自童话国的白雪公主。她来找王子。你可能不知道，童话王国发生了大事，一群人跑到那里蛊惑人心，说现代性是一群狗在吠，要搞什么后现代，让狗打鸣。年轻的王子们中了毒，不是钻到剖开的牛肚里搞行为艺术，就是脱掉衣服跑到厕所里让苍蝇爬满全身。一个王子甚至向国民展示他某天大小便的过程，并把这个过程命名为《五谷轮回》。因为王子经常吃高蛋白食物，人们发现他拉的屎比自己拉的还臭，就起来造了反。童话国乱得一塌糊涂。她父母不幸在战乱中丧生。宁为太平犬，不为乱世人。这仗打得太惨了。当年唐朝的公主，那样的金枝玉叶，也被乱军当成一块肉吃到肚里去了。"我咳嗽着挤出几滴眼泪，向那个在史书上不见其名的公主致以一份哀悼，"她父母把她托付给我。没

.041

办法，我只好收留她，为她的终身大事东奔西走。大叔，你知道哪里有值得她可以托付终身的王子吗？"

山羊胡子的眼里精光闪闪，"季布一诺，重于千金。没想到在这个古风荡然无存的世道，还能见到小兄弟这样的英雄人物。来，我们干一杯，我算你九折。"

白雪公主不乐意了，气咻咻叫道，"刚才有几个染红头发的，鼻孔上穿金属圆环的，胳膊上文了两只老虎的，不是打六折吗？老板，你这酒太贵了。这样一杯马丁尼，索价八十。你别当我没看过超市的年度财务报告。这样一杯马丁尼，它的原材料加起来不超过十五块钱。算上你的装修、房租、水电费、工商税费，以及百分之一百的利润，卖三十五块钱就顶天了。"难怪我觉得这马丁尼的口感是如此锐利、深奥啊。我小心翼翼从嘴里吐出酒，一滴不漏地吐回到杯子里，"老板，我可不可以把这酒还给您？"

山羊胡子歪过头看看白雪公主，看看已做好逃跑准备的阿鸟，再看看我那悲伤无奈的眼神，压低嗓门，"小兄弟是身上没带够钱？"阿鸟点头。我补充了一句，"是忘了带钱。"山羊胡子说，"你出门时大人有没有交代，有什么别有病；没什么别没钱？"气氛有点紧张了。暗黑的角落有白光闪过。那不是利刃上的反光吧？我吸了一口凉气，赔上笑容，"大叔，我们可以帮你打杂，放 DJ，唱妹妹洗澡不关门，替你表演杂技招徕顾客。"看着山羊胡子越来越铁青色的脸，我蓦然想起他对白雪公主的兴趣，试探地问道，"要不，我们做一个小的铁笼子，把她关在里面，蒙上布。你想想看，童话国的公主啊，还是白雪公主，不是黑雨公主，这在当下会有多么大的号召力？有哪个男人会没有一睹公主芳颜的情结？又有哪个女人不想与公主一较高下？一块钱可以看公主的脸，两块钱可以看公主的胸，三块钱可以看公主的腿，四块钱可以摸公主的手，五块钱可以弹公主的脑门。天哪，这完全可以打造成你这个神话娱乐城的支柱产业。要不，我以这个创意入股？"山羊胡子还没说话，白雪公主的眼睛变得跟恶狼一样，趁她还没想到要作狮子吼时，我以迅雷不及掩耳的速度把阿鸟的手掌塞进她嘴里。

山羊胡子嘿嘿干笑，"这么说，你是真没有钱？"

眼看山羊胡子蒲扇大的巴掌与我的嘴就要发生亲密接触，睡在旁边的人妖说话了，"他们的账，我来付。"一颗快要从喉咙里蹦出来的心可以咽回去了。那些在网上泛滥的意淫小说果然没骗人，果然有小脑进水的凯子来替喝霸王酒的人买单。

人妖往柜台上扔了几张钞票，起身走了。我得意地笑，悄悄伸手去摸裤兜。在裤兜的夹层里，藏着我离家出走前用了几个月时间从大鼻子与丹凤眼那搞来的一万块钱。用一个特别结实的牛皮夹装着。秦琼卖马，一文钱逼死英雄汉的评书，我没少看。

皮夹子没躺在原来的地方。我的汗滚下来。裤兜上裂了一条大缝，是用飞鹰剃须刀片划开的。我日这迪厅里所有的人的妈。我惨叫，一把揪住山羊胡子的衣领，"老板，你开黑店。你偷了我的钱。"山羊胡子的手劲真大，马上把我的手指头一个个扳开，冷笑道，"小兄弟，你刚才不是说没钱吗？现在又说钱被人偷了？

你神经病啊。"我噎住了，喉咙里出现一块烧得通红的炭。我热泪盈眶，"山羊大叔，这个世道，没钱寸步难行，你就行行好，把钱还给我。"我的话出现了停顿，我一直坐在这里喝酒，哪都没去，皮夹子怎么会丢呢？它又没长脚。除了阿鸟与白雪公主，只有那个人妖靠近过我。天，难道他不是来喝酒的，而是在用那个完美的胸部征服男人眼球的同时，顺便挥挥手带走他们兜里的钞票？我的眼神与山羊胡子一撞。这一霎时，我明白了所有的因，所有的果，但我没有力气去骂这个黑心肠的极可能与人妖有过一腿的山羊胡子，我要把所有的力气用来揪住那个该死的人妖，用脚踩他那两个凸，一直到踩瘪为止。

我扬头朝娱乐城外奔去，如同光，如同电。

然后，我的额头在橡木台面上撞起一个大包。我一声惨叫，从吧椅上滑下，结结实实地坐在自己的屁股上。我不得不哭丧着脸打量着眼前疑真似幻的景象。白雪公主一脸郁闷。山羊胡子捻须含笑，眼里有一种深不可测的光。面前的高脚杯犹盛有三分之一的残酒，是血腥玛丽，不是马丁尼。这杯以李·克斯特伯爵夫人命名的酒是一种可怕的魔法？

重金属的敲击声离我是如此近，又是那般远，好像孙悟空正在万丈云霄挥动金箍棒与十万天兵天将打来打去。一片片金光若羽毛从眼前飘过，发出一种类似于秋虫鸣叫的声音。我沉吟不语，舌头在嘴角一舔，手往裤兜里摸去，皮夹子还在，这种硬邦邦的感觉错不了。我说,"我刚才怎么了?"阿鸟小心地说,"你可能发羊角癫了,也可能你酒喝多后做梦了。"

做梦者可以窥视别人的梦境,在他人的梦里出入自由,甚至可以在他人的梦里驯养游鱼,骑在它们背鳍上顺流直下,打开一扇扇门,到达无人可及的最深处,在那里为整个宇宙祷告。我想起了我藏在梦里第七个房间靠左边墙壁的书橱上的那本《哈扎尔辞典》。万能的主,感谢你赐予我这种伟大的能够在梦里跋涉千里追逐猎物或者觊觎美女沐浴并偷走她的胸围与芳心的能力。我还没笑出声,白雪公主捏起鼻子说道,"阿粿,你刚才伸手去摸这位大叔的胸,还说这是完美的胸部。真是太恶心了。"我吐了,白雪公主的话是一把突然扎入胃部的刀子。等到我好不容易撸掉一脸的眼泪与鼻涕,那山羊胡子居然走到吧台外想搀扶起我,还假惺惺地说,"小兄弟,你没事吧?"我恼羞成怒,跳起来,破口大骂,"有事。舞厅原本是传播民族文化、娱乐身心的艺术殿堂,现在却沦为有伤风化、惑乱身心的色情场所。你这种藏污纳垢之所,不取缔何以建设我们伟大的和谐盛世?你这样一大把胡子,看着这些花骨朵被那一双双罪恶之手所摧残,就没有一丁点犯罪感吗?看那女孩,脸容是多么纯洁清秀,就像是三月的桃花四月的杏,可跳的是什么舞?"我把手指向迪厅中央。

那里是一个个漩涡,在急速涌动,它们无限伸展,又迅速地缩回。动,然后是更剧烈的动。一团团光线像焰火般不时从漩涡中高高跃起,在钢管倒挂着,腾空旋转。一个面庞稚嫩的女舞者正处于极度 high 时，髋部剧烈起伏，整个人像黑闪闪的风暴，横冲直撞。在她对面是一个高大强壮的男子。他们开始互相冲撞，他是浪她是礁；一眨眼，她成了浪，他成了礁。他们凶狠地扭动，面目狰狞，然后面对面，合为一体。

山羊胡子的嘴越张越大，我很想往他嘴里吐一口痰。阿鸟拽我衣袖说，"阿槑，和谐盛世就不能跳舞了？"我大怒，朝这个笨蛋大叫，"那也得看跳的是什么舞！你问问白雪公主，童话王国跳的是什么舞？跳快三不可以吗？跳慢四不可以吗？干吗要搞这种下流的贴身抚摸？啊，高雅的风度来自挺拔的体态；啊，风格的展现显示出美的追求；啊，默契配合的前提是自我平衡；啊，领舞的最高技巧是运用整个身体；啊，提高音乐修养是使舞步产生迷人魅力的必由之路……这是多么深刻的放之四海皆准的舞学理论。"山羊胡子哈哈乐了，没跟我废话，一脚踹在我屁股上，喝道，"人渣，滚出去！"

夜场

五

我们灰溜溜地蹿出神话娱乐城。我太伤感了。我都还没有摸到罪恶的边，就被邪恶的山羊胡子驱赶出场。怪不得书上说山羊是魔鬼撒旦的象征。

主啊，请惩罚这些崇拜倒五角星标志的邪恶之徒，用黑板擦抹掉他们吧。宇宙是你的化身，哪怕是一只猫打了一个哈欠，那也是你的意志的体现。相对你的无所不能来说，这种活太容易了，比我摁死一只瓢虫可要轻易多了。

我虔诚祈祷，世界没有变化，神话娱乐城也没在被一团从天而降的火焚为灰烬。我又祷告了一次。阿鸟懒洋洋打了个哈欠说，"阿眯，我们去哪？"看样子，主是休息了，或者说他去了宇宙之外遨游，要等到洪水泛滥淹没了珠穆朗玛峰的那天，他才会坐着诺亚方舟回来。我不无沮丧。

白雪公主突然说，"那女孩跳得好好看呀。"

靠，好看就好看，还好好看。女人就是女人，舌头天生比男人多一根。那根看不见的舌头是藏在嘴腔上方还是下方？我去捏白雪公主的嘴。白雪公主恼了，说，"人家说正经的。别动手动脚！"

我说，"为什么好看？"白雪公主说，"好看就是好看，哪有这么多为什么？"白雪公主一脸神往，"那是什么舞呀？又超炫，又惹火。阿粿，你会跳吗？"

阿鸟说，"那叫嗨舞。阿粿不会跳。"我生气了，去打阿鸟，"你凭什么说我不会跳？"阿鸟一头雾水，"你刚才不是说它有伤风化、惑乱身心吗？""呸。"我吐了他一脸唾沫，"十六岁的小女孩跳那叫淫荡。我跳，叫老百姓今儿个真高兴。是歌颂祖国，歌颂人民，是盛世大联欢。"白雪公主白了我一眼，"无耻，不要脸。"

白雪公主太不求上进了。我很严肃地用手指去敲她的头，说，"你是不是从未进过我梦里的第二个房间。那样大的一副对联你都没看见？你这样不学无术，怎么去找你的王子？"白雪公主生气地叫起来，"那是什么狗屁对联？无耻是卑鄙者的通行者，高尚是殉道者的墓志铭。一点也不合平仄，词义对仗也不工整，哪有安意如的《平生只若初见》写得好。门口还有一只癞蛤蟆在把门，我得恶心死。我就喜欢去第三十八号房间。那里有《蓝色生死恋》、《我的野蛮女友》、《成都今夜你把我遗忘》，还有小四的《梦里花落知多少》。小四连抄袭都抄得那样帅，还都没有错别字。阿粿，小四会不会是我魂绕梦萦的王子？要不，他为什么要写《梦里花落知多少》弄得我心里弥漫起无限忧伤？"

我没摔倒，一种坚强的信念支撑着摇摇欲坠的身体。多少革命烈士为了解黎民于水火之中，拯百姓倒悬之苦，不惜坐老虎凳，被人拿竹签穿手指，我受这一点打击算得了什么？迷途的绵羊需要我站出来为它们指明方向，需要我去指点它们去抛头颅洒热血！有牺牲多壮志，敢教日月换新天。我情不自禁地放声高歌，"东方红，太阳出，稻城出了阿稞哥，他为绵羊谋幸福。呼儿嗨哟，他是绵羊救世主。"

我的歌声没有获得预料之外的掌声。这很正常。一只蝙蝠从月亮里飞下来，一只手里拎着长杆烟袋，一只手里捏着一把美人扇，对着我喷出几个烟圈，嘎嘎大笑着，又飞入青灰色的屋檐下。我悚然一惊，糟糕，离家前忘了带大蒜与削尖了的桃木棒。这个世界太危险。还是先礼后兵的好。

我说，"请问是德古拉伯爵吗？"蝙蝠一怔，答道，"东方的小孩，你怎么知道我之名？"我提高音量，说，"自打德国表现主义大师F·W·茂瑙拍摄了有关于您一生的《诺思费拉图》，无数电影大师都为伯爵您那坚持了数百年的爱情故事倾倒，拍摄了《夜晚的幽灵》、《惊情四百年》等影片，向您表达最崇高的敬意。而我，则是这些影片最忠实的Fans，你的爱感天动地，哪怕是天地崩，山陵合，冬雷震，夏雨雪，我依然为你喝彩。"

千穿万穿，马屁不穿。德古拉伯爵笑了，指了指我身后的娱乐城的门，"孩子，从你走进那罪恶之门的那一霎时起，我就觉察到你那颗渴望求知的心。孩子，让我告诉你宇宙的真相。什么是罪恶？事实上，罪恶，哪怕是萨德先生在《朱斯蒂娜》里所津津乐道的那种'女人的价值只取决于其阴道大小'的恶，都比你们一直推崇的善，更能推动你们人类所谓的文明史。比如当下科学之种种进步，包括你们现在所使用的互联网，都是在恶的名义下得以出现。要歌颂恶，它是积极的。"

白雪公主尖叫起来，"放屁，善就是善，恶就是恶。它们是水火不相容的势不两立。"大蝙蝠诧异了，"咦，小姑娘，你不是看过《水与火的缠绵》吗？"

白雪公主激动了，"那是一个比喻。你懂不懂？"

"孩子，世界是语言的，你说我说他也说。所谓因果，都是语言这种暴力互相冲突的结果。在语言的世界，比喻最是惊心动魄，它如同一个蓦然出现在暗屋里的赤裸女子。当光线随着那女子的胴体起伏，轻的灵魂便不再为滞重的现实所缚，化为莫扎特手指下奏出的音符。啊，比喻是此处对彼岸的想象，是向那不可言说的宇宙尽头掷出的长矛，是对生命之复杂性的最深刻的理解。它在词语之间滑动，找出甲与乙之间的共同处。这是一种脚尖踮起的轻盈舞姿，为伊消得人憔悴，宽衣解带终不悔……门，被比喻轻轻推开。先是一道光，接着是许多道光。转眼之间，这光已若利刃当头劈下，锈迹斑斑的门轰然倒下。那眉眼宛然的女子娇笑一声，消失不见。大火随之袭来。那些懂得比喻之奥的人肩膀上长出翅膀。那翅膀扶摇直上，化作垂天之翼。"大蝙蝠一边说，一边吐烟圈，很快，它的身子就被一大团烟雾所笼罩，这让它的声音听起来几同于神谕。

邪恶果然有一副庄严的能催眠人的面孔，还宽衣解带终不悔呢。我大叫，"放屁狗。善就是善，恶就是恶。一个人拿到一百块钱假钞，为了不让它再去蒙人，虽然心疼，还是把它扔到河水里。这是善。"

大蝙蝠的声音在月光里缥缈不定，"这张假钞在河面上飘荡。一个洗衣妇人看到了，去捡它，结果淹死了，这不是那人行下的恶吗？孩子，道德就是恶。我在这世上活了几千年，看见了太多太多。人类社会是一个三角形的积木之城。上等人、中等人、下等人。所谓善，是让积木之城稳定的黏合剂。这种稳定性必然以损害各阶层的流动性为代价。龙生龙、凤生凤，老鼠的儿子会打洞。当老鼠的儿子提出改变身份的要求时，龙子凤孙必然要发出嘲笑，或者说，他们就听不到这个请求，就算偶尔微服私访与民同乐时听到几个微弱的声音，也无法理解这个声音所包含的种种——毕竟这是两个不同的物种。不甘心窒息的老鼠的儿子要想实现自己的请求，首先要冲破的是自己这个阶层的道德，其次就是要毫不留情地践踏中等人与上等人的道德。这也是这个积木之城的意志。它要稳定，它也更要变化，它本身甚至可能也无法预测这种变化的结果——所有的过去都不足以解释未来。但它知道，它需要变化，哪怕仅仅是作钟摆式的变化。如果不变了，那就只有一个解释：热寂。

"要变化，就没有比'杀人放火金腰带，修桥铺路无尸骸'这样的恶更积极的了。这句话的本质其实与'打土豪分田地'毫无区别，不过是不同时代里恶的不同表现罢了。在这种肆无忌惮的恶的淫威下，眉眼宛好的公主被从城堡里拖出吊死在路边的大树上。人们在树下欢呼，其中一些人指着尸体说，'看，她的皮肤多白啊！'的确，这种雪白的皮肤相对于整天在田里劳作的他们来说，是一种罪恶——所谓遍身罗绮者，不是养蚕人。一小撮下等人在这场革命的风暴中成为上等人。新的道德秩序于这个向死而生的过程中得以重建。积木之城继续矗立在大地上。而新的恶，也在这个城堡所投下的巨大的阴影里悄悄萌芽。

"孩子，万物的存在并非是由于人类的意志，树木河流不是为了悦人耳目；鱼羊马狗不是为了填人类的肚腹。人类在世界上所做的，比如，把石油从地底下挖出来，提炼出塑料，制成手机外壳等等，这一系列严密的近乎不可思议的经济活动，从某种角度来说，其实毫无意义。只是形式的变化。这些活动，无非是制造熵，使世界更趋于对抗，或者说热寂，或者说是审判日。什么是熵？人变老，就是熵。建筑物被毁坏是熵。落日下湖面散发出臭味的鱼的尸体是熵。那片金黄的银杏叶从枝头落下是熵。一滴血，从胸口掉下，渗进泥土里，是熵。熵是一个对无序进行描述的数学量。人是一种反熵，是一种秩序，但这种秩序的诞生，是以更多的熵的出现为代价。人所认识的科学、宗教等各种知识，从人类社会本身看，它是一种不断增长的丰富性；但这种丰富性也在不可避免地让他们所处身的环境陷于不可挽回的毁坏中。温室效应、地球变暖、生态恶化，这不仅仅是一个环保问题，而是对人与宇宙关系的暗喻。但不能说人就是宇宙的瘟疫。又或许应该这样说，瘟疫也是宇宙所渴望的，这是它解放自我的一种方式。万物渴望均匀一致。你们讲'人人平等'这种美好的愿望，以及'不患寡，只患不均'这种劣根性，都从此中来……"

这是一只啰嗦的要拔掉舌根放阿罗地狱每日用烈油烹三万万遍再用利刃剐三万万遍的蝙蝠。我用绝望的眼仰望天穹。阿鸟突然做出一件令我瞠目结舌的举动。不知何时，他已沿着那青铜铸的灯竿蹑足攀缘而上，脊背光着，手中高举着那件脱下来的破破烂烂的衣裳。他想干什么？我还来不及阻止他，阿鸟朝那团青色烟雾扑去，衣襟一兜，手指捏紧，欢呼起来，"我逮住了！"吸血鬼不是神，不是魔，不是人，在传说中拥有可与神媲美的异能。阿鸟不是找死吗？我捂着眼，在手指缝隙里偷看。阿鸟纵身跃下，抡起裹成一团的衣裳往水泥地面上使劲儿甩打，"啪"。阿鸟真是暴力狂，这样单薄的身子里竟然有这样残暴的基因。真是人不可貌相。

咦，德古拉伯爵咋还不变身？他的容貌到底是英俊伟岸，还是枯槁委琐？关于他的描写实在太多，搞得我都不知道相信哪个为好。现在终于有机会亲眼目睹。我屏着气息，把手指缝张大一点。让我诧异的是，衣裳里却传出一个哀哀求饶的声音，"别打了，我头晕。哎呀，我的肋骨断了，我的小腿……"

这不是德古拉伯爵！堂堂伯爵咋可能会这样无耻向痛打自己

的人告饶？电光火石间，我想起藏在我梦里第七个房间左边书橱里那本《吸血鬼密录》。这肯定是一个年轻的吸血鬼。它们的能力还没有得到挖掘，几乎和凡人相同。他妈的，怒向胆边生，恶从心头起，我蹿过去一脚跺在衣裳上。脚底下吱的一声，烟雾散去，一个模样狼狈的年轻的与我们差不多高的外国男孩躺在地上，眼里都是泪水，"对不起，你们别打了。求求你们。"

"你是谁？为何冒充德古拉伯爵？坦白从宽，抗拒从严。"我恶狠狠地又踢去一脚。

"我叫威廉·理查德·瓦格纳，来自德国萨克森州。你们可叫我小瓦。因为拜读了一本《马可·波罗游记》，所以来到你们这里。刚在迪厅看到你们，想与你们交个朋友，就跟出来了。"小瓦可怜兮兮地说道。

"靠，瓦格纳？那个性格乖戾、粗鲁暴躁、言语尖刻、骄纵跋扈的骗子？"我重重地踢上一脚。阿鸟小声问，"瓦格纳是谁？"

我没好气地说道，"一个抢朋友老婆的家伙，快进棺材了还要勾搭年轻女孩儿，还到处出卖朋友。阿道夫·希特勒的灵魂导师。被纳粹德国奉为先知的种族优越论者。德国人杀了几百万犹太人的集中营知道吗？那些刽子手一边杀人，一边放他的音乐。"

小瓦尖叫，"那不是我。他都死了一百多年了。我才十三岁。"

"那你为什么叫这个名字？"我去踩他的鼻子。他的鼻子又尖又挺，若踩扁了，一定好玩。

"我妈给的。"

"那你为什么不去派出所改过来？"

"我……"小瓦结结巴巴了。

白雪公主心肠软，说，"也许他们那里没有派出所。"

"放屁，没有派出所，总有警察局。他不改名字，是因为他打心底崇拜那个家伙。你想想，刚才他对我们都说了些什么？什么道德就是恶，什么'杀人放火金腰带，修桥铺路无尸骸'，哦，对不起，这是《无间道》里的经典台词。他妈的，小瓦蝙蝠，你不仅大放厥词，搞大毒草，妄图污染我们纯洁的心灵，还是一个无耻的抄袭者。你说，你要选择一个什么样的死法？是用牙签串起来烤，还是放四川火锅里涮麻辣汤，还是穿上一双烧得通红的铁舞鞋一直跳到死？"

白雪公主的汗下来了，"阿粿，这样恶毒的法子你也说得出来？"

"看，又被我发现了吧。第十九号房，你肯定也没进去。我都交代你多少次了，要博览群书，才能做一个对社会有用的人，为和谐社会之建设添砖加瓦。要读书啊。书山有路勤为径，学海无涯苦作舟。"我痛心疾首道，"另外，穿烧得通红的铁舞鞋的事可是在童话王国发生过。对不起，你当我没说过。"

"不，你要说。你不说，我就与你没完。"白雪公主瞪起眼，撸袖子，喉咙里就要呼出雅典娜之名。我忙捂住她的嘴，"姑奶奶，千万别叫，千万别变形。我讲还不成。"

我咳嗽着朝阿鸟摇摇手指，又对小瓦摇摇手指，示意他们放实点，不懂不要紧，关键要懂得保持沉默。

"从前，有一个黑雨公主，她长得很丑。但她父亲，那个变态的国王，以丑为美，向她求欢。这引起她母亲的嫉妒，把她放逐到森林里。因为心存愧疚，王后不时带些小礼物，安慰一下放荡的女儿。森林里有七个小矮人，也是非常丑，结果就像苍蝇嗅上大便，绿豆看上王八，七个小矮人都喜欢上黑雨公主。心生怨恨的黑雨公主也编造了'继母想要杀我'的谎言，借此获得小矮人们的帮助，找到一个冤大头王子，回到王宫，让她母亲穿上烧得通红的铁舞鞋一直跳到死。"

"你胡说，你比小瓦还胡说。"白雪公主的眼眶红了。

难道是黑雨公主这个名字让她不安？我赶紧安慰她，"那个黑雨公主也没有得到好下场，冤大头王子发现她不是处女后，就把她用极残忍的方式处死了。坏人在故事最后都要遭到酷刑的惩罚，这些刑罚在当时都是确实存在的，而且为广大人民喜闻乐见。一切惩罚最终涉及的只能是身体。身体是可驯服的。酷刑这种明确无误的最极端的惩罚，让所有的人认识到什么叫生不如死。你不是喜欢看文学书吗？卡夫卡写过一篇《在流放地》。酷刑不仅损害受刑人之作为人的尊严和自由，而且损害施刑人乃至观刑人之作为人的尊严和自由……嗯，尽管施用酷刑的官员自以为代表国家或阶级，肩负某种神圣使命，完全消解了自我，但毕竟是违背人类对同类的道德直觉或恻隐之心而为残忍、不人道的行为，从而，必定对施刑人本身构成或许更深刻、更长久的伤害。所以那个军官最后也主动躺在那台精密的让人最大痛苦的死去的杀人机器下。这种暴力也集中了人类的聪明智慧，车裂、腰斩、抽肠、枭首、镬烹、宫刑、幽闭，剥皮揎草、请君入瓮，凌迟脔割三千六百刀，少一刀都不行。小瓦，你别用这种眼神看我，洋鬼子在这方面贡献大着呢，断椎、锯割、灌铅、挖眼，连圣女贞德……"我闭上嘴。

白雪公主被惊骇住了，茫然地摇头，眼眶慢慢红了，"阿糅，这些都是真的吗？"

"哦，是假的。我吓吓小瓦。都是书上瞎编的。"我支支吾吾，脑袋有点混乱。这些话是谁把它们扔进我的脑袋？

"不行，我要把那个房间里的书全烧掉。是第十九号房还是第二十九号房？"白雪公主恼怒了，"他妈的，管它哪个房间。我把要把这所有的书都全烧掉！"白雪公主纵身往我怀里扑来。我吓着了，"姑奶奶，你这不就成了秦始皇？别，好歹说，书本身作为一种纸质物，是不会吃人的。吃人的只是人啊。这种书写不幸的书籍，至少为人类提供了某种参照，或许可以使我们少犯一点相同的错。"

阿鸟也说，"公主，咳，公主。阿糅说得有道理哦。还有，你刚才说了脏话，是国骂。"

"我说了吗？"白雪公主停止往前冲的步伐，脸似雪地里的梨花瞬间雪白，雀斑暂时不见了，拳头挥出，"你胡说。阿鸟，你竟然说我讲脏话。你才他妈的讲脏话，你他妈的每一个毛孔里流出来的都是脏话。"

躺在地上的小瓦偷偷笑出声。我吼起来，"拜托，别转移主题，我们开会研究如何惩罚这个无礼的言语谵妄的骗子！就别自家人打架了。妈的，让敌人看了笑话。"

小瓦的脸顿时就绿了，绿得真好看，像一块绿翡翠。

我笑眯眯凑过去身子，"小瓦同志，还没想好吗？

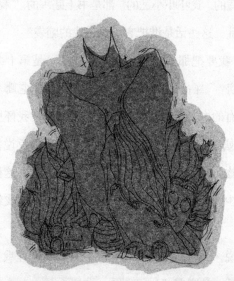

蝠

六

小瓦宣布要做我们最忠实的仆人，扛行囊，准备食物与水，包括晚上倒洗脚水。白雪公主不无疑惑地说，"这是不是有点剥削劳动人民？"

我转过头问一脸赧色的小瓦，"我剥削你了吗？"

小瓦挺起胸脯，精神抖擞，"不，这是我自愿的，还有什么比跟随着阿粿、白雪公主与阿鸟先生去探索这个世界的奥秘更伟大的事？人生何其短，世界何其大。我现在浑身都是劲，恨不得绕地球飞上三个圈，让全球人民分享我的快乐与喜悦。"

我摸摸他的头，孺子可教也。

"我们去哪？"阿鸟问。

"随便走，地球是一个圆，不要害怕迷路。总有一天，我们会走回来的。活着的过程，就是马不停蹄地四处游逛。"作为领头大哥，当然要高深莫测。但说实话，我也不晓得去哪里好。

街道纵横交错。每条路都是这样短暂、偶然。路两边的房子仿佛是一群毛茸茸的嘴唇，在说着一些我听不懂的话语，神情不无嘲讽。

我想了想，补充道，"世上本来是没有路的，走的人多了，就有了路。我们现在四个人，还怕会没有路可走吗？"

白雪公主哭丧起脸，"阿粿，我累了，走不动了，我到你怀里睡一觉吧。"

这个坏丫头肯定是念念不忘要烧掉我那些心爱的藏书，这样笨的借口也找得出来。我呵斥道，"男女授受不亲！"

白雪公主劈开腿，让我看她的脚底板，"吁，都起了三个血泡。你个没良心的。亏我爸那样好，对你左叮咛右叮嘱，要你好好照顾我。你居然让我走了这么多的路。你太坏了，比那些来童话王国蛊惑人心的坏蛋还要坏。"白雪公主泪眼蒙眬，嘴角还带着一丝狡黠的坏笑。看样子，若再不答应，她就要当众揭发我常偷看大鼻子藏在墙壁暗格里的那些由欧美帅哥美女出演的激情片了。她是不是故意拿发笄在脚底扎出血泡的？害人之心不可有，防人之心不可无，还是《昔时贤文》说得好。我转动眼珠，"小瓦，你背她一程。"

小瓦诧异了，"为什么是我？"

"因为你是蝙蝠。"

我们在月光下的稻城疾疾行走。街道好像大鱼的背鳍，载着我们，在这个宛若一幅浮华世态的镶嵌画里下沉，又再悄悄升起。街道是一种很奇异的生物，有时是那么拥挤，令人烦躁，恨不得往上面扔一颗原子弹；有时是那样安静，宛若处子眉眼，那些孤单的人在它这里获得了最好的慰藉；有时，它又是一片冷漠的荒原，看着那持刀凶汉割开行人的喉咙，始终面无表情；而更多时候，它近似于一篇密密麻麻的神的咒语，总能在那些雷同的几何形状建筑物的围追堵截下闯出一条路，消失于泥土与树林深处。

阿鸟捅捅我的腰，悄声说，"阿粿，那里有个人在哭。"

是一个白头发的男人，痴痴呆呆地坐在电线杆下。尽管没发出哭声，那些在皱纹里滚动的断断续续的泪水还是暴露出他心底的悲伤。那是一张写满不幸的脸。他的嘴是一个被光阴掏空了的洞。在他身边，是一辆出租车。司机可能睡着了，头趴在方向盘上，就像是那已不再轰鸣的发动机的一部分。旁边还有一个穿黑皮短裙的女人，一边往嘴上画口红，一边来回走动。她的化妆手法太差劲了，把唇线都画到下巴上。是秋天的晚上，空气中有湿润的桂花香，我还是嗅到了从她身上飘出的一种怪味——丹凤眼有时半夜到我房间来替我盖被子时，也有这种味道，所以有几个晚上，当他们在隔壁弄出响声，我就大声惨叫，或者拨打他们的手机，或者干脆扔过去一只壁虎。

我嘀咕起来，无法判断出这三个人的关系，也不清楚他们各自的内心。

小瓦撇嘴说道，"老头是乞丐。我在城市的那头见过他。真奇怪，他怎么跑到这边来了？他讨钱的方式与其他人不一样，不拿刀子在身上割，不用钢筋往脖子上缠，也不唱歌，很有绅士风度，坐在地铁通道口的台阶上，也不说'先生，能否施舍我一点钱'。

居然就有人往他身边扔硬币，有时还扔十元钱的。这可能是因为他这张脸与一位姓罗的画家弄出的《父亲》有点相似。我敢打赌，他的月收入不下五千块。"

小瓦，你不说话，就会憋死？没看见阿鸟那伸得像吊死鬼的舌头？五千块，这若全换成一分钱的硬币，可以让多少女孩沐浴硬币雨？丹凤眼在小学教书，每月才拿一千五。为了一百块什么课时费，还抓破了学校教导主任的脸。我是不是该发封 email 提醒一下丹凤眼，建议她去韩国做整容手术，弄出一张同样具有审美价值的脸？

骑在小瓦背上的白雪公主说，"他都赚了这么多钱，为什么还要哭呢？是不是今天没有完成既定的目标，觉得委屈？"

阿鸟说，"说不定他辛苦讨来的钱全被人抢走了。"

这个"抢"字可能让小瓦想起刚才自己所遭受的暴力。如果不是阿鸟，他或许还在我面前扮演邪恶的德古拉伯爵。小瓦朝阿鸟吐出两颗生气的獠齿。阿鸟吃了一惊，"小瓦，你怎么变得跟野猪一样？"

白雪公主扑哧笑了。小瓦的脸又绿了。这孩子真可爱。我也笑了。真奇怪。我们这样大声嚷嚷，他们三个为什么都没反应？是不是非要小瓦把脸凑到他们的鼻尖下，他们才会暂时忘掉自己的悲伤，给点掌声？我拿不住主意。

那个女人跑了起来，像马一样。不对，是驴。马会越跑越远，只有驴才会原地兜圈。女人边跑嘴还边数数，"一二三四，再来一次；二二三四，换个姿势，再来一次。"这女人是从精神病院跑出来的？我去看小瓦。小瓦摊开手，一脸悲悯，"站久了街，得运动一下。"白雪公主又好奇了，"她为什么要在这里站？"

我好为人师的脾气又上来了，说道，"是这样的。她是一名性工作者……"我的话还没说完，那女人忽地抬腿朝出租车踹去，"李向阳，你个王八！"女人练过佛山无影腿？第二下明明看着是往车轱辘上踢去的，突然拐弯蹬在老头身上。白雪公主叭嗒一下从小瓦背上掉下来。还好阿鸟反应及时，蹲伏在地，当了一回肉垫子。

出租车内没有动静。搁在方向盘上的头没抬起来。

女人吐出一口痰，呸道，"王八羔子，你与你爹过一辈子吧。"这口痰的分量可能比我所吐过的痰加起来还要重几斤。女人的身体失去重心，摔在地上，一时爬不起身，急了眼，嚎啕痛哭，"李向阳，你妈××挂钢笔……"。

我咧嘴欢笑。街道就是公共舞台，戏剧性事件随时出现，高潮不断。说实话，在中国人艺的舞台上，也难看到这般精彩的演出。女人嘴里的台词太丰富了，撰写一部脏话词典绰绰有余。她该是闯过江湖见过世面的，是一个爱搜罗中国各民族各地区的方言脏话的有心人，还时有创新，比如不说"日你妈"，说"太阳你妈"。

白雪公主生气了，"这女人要拿针缝起嘴来。"

"咳，你这样搞，与过去的帝王幽闭宫女有区别吗？"我咳嗽着，趁白雪公主还没听明白，转身在小瓦头上敲了下，"你说她是站街的？你丫欠揍，她明明是勤劳善良的劳动妇女！你这是对广大女性同胞的诬蔑与侮辱。你自己说，该接受什么样的惩罚？"

小瓦的绿脸白掉了，"我真是看到她接客。我向俾斯麦，噢，我向敬爱的主席发誓，我确实看到她接客了。"

"胡说。阿鸟掌嘴。分贝要以几何级数增长。"我冷哼道，"小蝙蝠，主席在的时候，哪有妓女嫖客？你居然朝他老人家发誓，在他一手缔造的伟大祖国里，还有女性卖淫，这不是让他老人家在九泉底下也死不瞑目吗？"

小瓦的白脸变青了。真有趣。他的小脸蛋与色谱仪差不多。在什么样的情况下，他的脸会变红变蓝变紫变黑？

"变，"我大喝几声，一指头戳在他脑门上，"万恶淫为首，百善孝为先。这种恶妇，留在世上纯属糟蹋粮食。小瓦，现在革命组织交给你一个光荣的任务，去吸她的血，让她变成人干。"

小瓦可怜兮兮地说道，"可我从来没吸过人的血。"

"靠，你长这对獠牙是干什么用的？"

"喝露水与树的汁液。凌晨的露水最甘甜。"

"你不是吸血鬼。是蝉？"我瞪了他一眼，抡起巴掌，准备赶过去见义勇为。小瓦嗫嚅着嘴说，"阿粜，有句话，我不知当不当讲。"

"有屁快放。别耽搁我学习雷锋好榜样。"

"那女的，好像，好像不是那样坏。"

剧情这么快就发生了转折？我扬在空中的巴掌好酸啊。

"她是杜十娘还是霍小玉，是李香君还是范小小？"

看着我凶神恶煞的样子，小瓦没敢像评书先生那样吊我胃口，竹筒里倒豆子，"她是市纺织三厂的女工，与那个出租车司机是夫妻。儿子去年得了肾衰竭，要三十万块换肾。她就出来做这行。老头是她公爹，就出来做乞丐。"小瓦吸吸鼻子，"老头今天碰上一个迷魂师，稀里糊涂把骗子带回家，把藏在床垫下的三万块给了人家。这不能怪老头。那不是一种普通的巴比妥类药物或三唑仑类药物，是一种高科技含量颇高的复合麻醉剂，俗名叫迷魂药，能让人在药效期间神志不清，失去正常的判断力，人家说干啥就干啥。主要成分是：曼陀罗、羊踯躅、醉仙桃、茉莉花根。你上网用百度搜索'迷魂药'三字，网上有人卖这个东西，价钱在四百块左右一瓶……"

"小瓦，你知道得这么清楚，为什么不去阻止这件事的发生？"白雪公主去拧小瓦的耳朵。

"我只是刚好路过看见。我只是一个吸露水的。我啥也干不了啊。"小瓦急急辩白，"再说，换个肾能解决问题吗？肾移植后一般是活五年。五年后再换，又要一笔钱，那时候她还能出来站街吗？要我是那个小孩，早跳楼去了。死有什么可怕的？德古拉伯爵为了寻死，摆脱那无尽的令人厌倦的寿命，吃大蒜，去教堂撬十字架，还跑到桃木林里上吊，就是死不了。能够死去，是一种幸福。死亡的哲学是最高的哲学……"

我没再让他再大放厥词，一记奔雷掌轰出，小瓦屁股向后平沙落雁。

我说,"咋办?"

白雪公主在耳朵上摘下一对米粒大小的耳坠子,沮丧地说道,"平时我最讨厌戴这些亮晶晶的东西。我只有这个……"阿鸟在身上乱摸半天,摸出一团污垢,很为难地看着我。这是传说中的十全大补丸吗?我想起裤兜里的一万块钱,一时间天人交战,只欲化作万古云霄一羽毛,飘到天上,揪住上帝的胡子,问他老人家为什么要这样居心叵测?大路小路公路马路泥巴路沥青路,世上道路千万条,何以就让我鬼使神差地走到这儿来了?

月光被云层滤过,撒在地上,像一些盐。

我想把它们捡起来放在嘴里。

我说,"这世上还有没有比他们更悲惨的?"

小瓦接嘴说道,"太多了,比田里的草还多。就她……"小瓦指指那个哭声已经小下去的女人,"她的一个姐妹,前些天因为索要三十元嫖资,被嫖客杀死了。那个女的,好爱她老公,折了一千多只千纸鹤,每只纸鹤上都写着她老公的名字。网上到处都有这个新闻,那女的姓苟。"小瓦真懂得揣摩领导心思,但我的心还是没来由地抽搐了一下。

我怔了半天说,"若我们再遇比这家人更悲惨的,怎么办?千万别说没这种可能。白雪公主,你还有耳环吗?唉,哀民生之多艰,长太息以掩涕兮!"

我想转开话题。小瓦兴奋了,"时代进步了,民生为何还如此多艰?我们只要稍微琢磨一下历史,把视线稍微投向这些充满声色光影的现象背后，就不难睹见万物的真相。民，即：刍狗。刍狗，用草扎成的狗。古代专用于祭祀之中，祭祀完毕，就把它扔掉或烧掉。这有两重含义，它们是低贱的，可以随意糟蹋的；当它们被用于祭祀时，更准确地说，当它们作为人民这种概念存在时，是不容轻慢的……"

太讨厌了，这只可恶的自以为是黑格尔加马克思的小蝙蝠。我愤怒地捏住他的鼻子，打算把这个肉乎乎的东西拧下来。街道那边出现一个影子，一跳一跳的，转眼就到了电线杆边，嘴里还在狂吼：

"起来，还没开户的人们，把我们的资金，全部投入诱人的股市。中华民族到了最疯狂的时刻，每个人都激情地发出买入的吼声，快涨！快涨！快涨！我们万众一心，怀着暴富的梦想，钱进。怀着暴富的梦想，钱进！钱进！钱进进！"

这是哪里来的怪物？瞧这小样，也不是镶松石、嵌玛瑙，宝盆两肩的神兽貔貅爷。见多识广的小瓦眉宇间露出犹豫之色。阿鸟突然热泪盈眶地大叫出声，"变形金刚，这是变形金刚！"

幽

七

这是一堆内部藏有火焰的金属,包含了约三万个零件,是人类智能的巧妙综合,是商业文明的伟大象征。一个国家,若被誉为是载在"车轮"子上的,那就是有福的,值得全世界人民东施效颦的。似乎并没有人在意汽车本身的存在却是违背了所谓的商业经济规律,即汽车的经济性越高,拥有它的人就越穷,比如出租汽车司机。真正的有钱人是拿它当摆设的。

"没车的人都是相似的,有车的人各有各的不幸。"被方向盘捆绑着的人篡改了托尔斯泰的名言,在这个寂静的牢笼内,为自己不幸的现状悲伤。这是一个高贵的笼子,里面铺着十六张小牛皮以及来自北美的伯尔胡桃木,枫木和黑鹅掌楸木。他们感到上帝太不公平,不能赐给他们坦克、飞机、火箭、宇宙飞船。这让他们焦虑,用细细长长的手指敲打方向盘,敲打着绝望的生活。他们让车子驶上人行道,来到一个智者面前。他们碾死几只蚂蚁,一条从菜篮里跳出的鱼,一只没有主人的狗。他们关上车门,从工具箱内取出扳手,用脚踢了踢那闭目沉思的智者,说,"为什么会这样?难道它们还不够伟大吗?"

智者说，"对牛来说，吃进去的是草，挤出的却是奶。对汽车来说，喝进去的是油，排出的却是废气。这就是你们引以为豪的伟大。"他们马上用暴怒的扳手砸破智者的头颅，厉声喝道，"它能缩短时间，让甲处与乙处重叠。事实上，它也能让生者与死者在一瞬间互相凝视。它是包含了时间与生死的哲学。这是最伟大的哲学。"

智者把手中的花递过去，缓缓说道，"时间并没有被缩短。汽车提供的只是速度。速度是一种幻觉。这种幻觉让人上瘾，让人以为自己是神。对于许多人来说，速度也是为了遗忘，在奔跑中一切都可置之脑后。他们的心脏因为过于孱弱，已经无力去承受'缓慢'所暴露出来的真实。"智者的身边出现了初升的朝阳、雨后的森林、夜色里的湖水、一杯冰镇鲜榨果汁，以及数个穿白衣袍褂的提着鸟笼的老人。那些开车的人却仿佛见到魔鬼，急忙丢下扳手，把要说的话重新塞回嘴里，匆匆跳进车内。车子迅速转动。他们大声咒骂自己活见了鬼。他们猛然看见车窗外的建筑越来越高，几乎要消失在那白银一样的云端。他们惊讶了，以为目睹了神迹。但突然之间，所有的车子都停止转动。他们来到了一个巨大的无边无际的停车场。前后左右都是车子，比田里的水稻还要密集。

一束光从天而降，像一把刀割开灰色天幕。黑色的雨点倾盆而下，从地面一直连到天空。狂风扶摇直上，打开时空之门，从异世界带来了一种地球上从未有过的奇异元素。当世界上最高的山被一声惊雷劈倒，一个光辉的时刻突然诞生。所有的汽车因为这种元素，在这一刹那都活了过来，它们汇为一体，成了一个二面怪，拥有了一个巨大的头颅，二张人形面孔，还有如同章鱼一样的触手。毫无疑问，这两张面孔之间发生了激烈的争吵，一个认为是人类创造了自己，虽然不必去感恩，但完全可以保留他们，以为一种类似"锡安"的存在，以便让系统能够进化到更高层次，否则机器文明永远只能在一个水平上重复；另一个认为人类是纯粹的病毒，为了自身安全起见，必须毫不留情地删除。

一开始，他们讲道理；后来所有的道理都讲完了，就动拳头，动火炮，动激光制导炸弹，动核弹等等。二面怪就这样一分为二，分为两派，一个叫博派，一个叫狂派。其中经历了几场惊天动地的大战，许多记忆与散落的盔甲一并遗失在浩瀚的星穹。残存下来的博派与狂派基本上忘掉了最初的分歧，只是为在漫长岁月里所积下来的血海深仇所驱使，互相攻击不休。当然，博派的潜意识里还是记住了要保护人类。

这个变形金刚是狂派还是博派？说实话，就算它是博派，它那双可怕的金属大脚，也能像我们走路踩到蚂蚁一样，踩到我们屁股上。我把身子尽量蜷缩在一丛夹竹桃的阴影里，想起大鼻子在我童年时讲过的故事，嘴里情不自禁地发出呻吟。阿鸟的头在我的手掌下撅着，不肯伏身，嘴里还在分辩，"阿粿，你不认得吗？这就是大黄蜂。它性格开朗，活泼可亲，特别善于和人类相处。你没看《变形金刚》的海报？小时候，我在一件上面搞赈济发下的卡其布夹克里就找到一张它的图片。"

阿鸟一点也不关心财经新闻。它可能是大黄蜂，更可能是一位发了疯的大黄蜂。曾几何时，沪市大盘指数都到了六千多点，市盈率达八十倍。现在大家不都是"站在中石油 48 元之巅，眼含热泪向山下俯瞰……"吗？看看这位大黄蜂，车身油漆上沾满泥污，车头凸一块凹一块，水箱还在漏水，滴滴答答。车灯也是黯然无光。这完全是一个在股市惨遭重大打击已经倾家荡产的散户的表现。

小瓦看看我，又看看阿鸟，"变形金刚也炒股？"

蝙蝠就是蝙蝠，根本不懂得与时俱进，怪不得活了几千年，还是老样子。现在油价这样贵，若不炒股去赚点外快，变形金刚哪里能够跑得起来？再说，在人堆里呆久了，哪能不染上一点人类的劣根性？炒股是正常的；不炒反而是不正常的。我没理会这两个傻瓜，聚精会神地打量着眼前这个叫大黄蜂的金属怪物。

它在踢那辆出租车的屁股，踢得还蛮有节奏，口中在嚷，"懒鬼。你这样窝着不动，哪能月入八千块，成为一个快乐的车夫？我建议你读一遍微软中国公司全球技术支持部经理刘润先生所著的《出租司机给我上的 MBA 课》。读一遍不够，要读十遍。那真是字字珠玑，堪比《语录》。"

黑皮短裙的女人不哭了，她可能以为自己坐在最豪华的三维剧院里，眼神涣散。

那老头早晕了。出租车内滚出一个黑瘦男子，扑通跪在地上，也不喊爷爷饶命，磕头如捣蒜，不过没朝向大黄蜂，朝向我们这个方向。小瓦诧异道，"阿粿，他是不是请你过去打变形怪？"阿鸟说，"阿粿，我估计他是想请你过去客串一番翻译。"他俩一个是一百二十五，另一个是五百的一半。这大黄蜂说的是标准普通话，哪轮得我收同声翻译费？这男人怕是吓傻了，拜错了菩萨。他想干什么？眼角余光中，那男人猛然贴地飞起——噢耶，出租车司机，司机中的战斗机！猛男把那痴掉的黑裙女人扛在肩头，再一把拎起那老头夹于胁下，拔腿狂奔。他蹿得真快，在越过街道中央的水泥墩子时，其轻盈的姿势准得让飞人刘翔瞠目结舌。他不该开出租车，应该去跑百米跨栏，为国争光。我与小瓦互视一眼。英雄所见略同。在他略显蓝色的眸子里，我看到了一个小小的稍有些变形的自己。

小瓦咳嗽道，"过去有个军事迷，在熟读中外战史后，迷惑了，跑去问上帝：主啊，谁才是历史上最厉害的元帅？上帝考虑了半天说，你隔壁家的剃头阿三。"阿鸟挠头，"小蝙蝠，你这是什么意思？"小瓦不屑地撇起嘴角。看他的嘴型，十有八九是在说"文盲"。我叹了口气，主啊，谢谢你，麻烦现在自己跑掉了，就算我打算把那一万块捐出去，我也不可能跑得过那两条车轱辘一样转动的飞毛腿。我心安理得地转过头问缩在旁边不作声的白雪公主，"童话王国里有变形金刚吗？"

白雪公主想了半天，说，"我没听说过。但也许有。我还小的时候，嬷嬷说几十年前，童话王国搞新生活运动，许多图书都被定为大毒草烧掉了。嬷嬷说有些书很难得的，可能流传了不止几千年。她见过其中一本，是用最古老的羊皮卷所书写，它包括了世界上所有的金属元素，每个字都是用一种金属元素所铸，铜、铁、镍、锂、镁……嬷嬷说，像镁这样的金属在空气中很易燃烧，可不知道书的印刷者采取了什么样的高超技术，那书就那样一直保存下来了。"

白雪公主眼里尽是惋惜之色。小瓦又不安分了，真不知道他这个蝙蝠脑袋从哪里剽窃了这么多的歪理。小瓦看看我趴在地上没动，清清嗓门，说，"现在的科学是实证的科学。它忽视总体、整体，重视细枝末节。各门学科分得太细，以至于各学科之间都不能完全了解，更毋论在某种高度上去认识事物的全貌。具体说，你们人类目前所谓的科学是把一切存在当作客体，进行分析和征服，这里其实包含了一种毁灭性的态度。阿鸟，知道什么是毁灭性的态度吗？"

阿鸟茫然摇头。颇有睚眦必报个性的小瓦在他头上打了一下，说，"一只青蛙，你为了研究它体内的结构，把它解剖了。你所研究的只是一只死青蛙，而不是一只活青蛙。这是两回事。"

阿鸟怯生生地答道，"也不一定，人家做阑尾炎手术，剖开肚子，后来不是缝起来了吗？"

"呆鸟，就会混淆概念。另外，再怎么缝，上面还是有疤。况且，有些东西根本就不是一把手术刀所能解决，比如意识是如何产生的？科学使你们相信人是自然的主宰，从而把所谓的生产力定义为征服自然与改造自然的能力，在这个名义下，对大自然进行贪婪的掠夺和破坏。要记住，科学只是你们认识世界的一种手段，而不应该成为一种宗教。比如，进化论极可能误导了整个生物学，同时误导了生理学、心理学、伦理学和哲学等许多领域，误导了人类文明的发展。人类文明发展很可能存在一种周期性规律。科学与宗教都是通往神的路，都有可能偏离方向，迷失于荒原之上。这不重要。十年，百年、千千万万年，那智慧必定凝结成形，像荒原上的火，照亮我们的眼睛。许多人皈依宗教，并非是为了寻求道德指引，而是渴望了解这个宇宙与自身的来龙去脉。科学与宗教，一个探索外在的宇宙，一个探索内在的灵魂。它们都是无限之数。可以在某个点上形成和谐的统一，且互为镜像。若它们不那么互相歧视。当然，宇宙并非和谐，灵魂也并非获得宁静就可满意。神之所以存在，不是为了给出最终的目的地。或者说，神就是荒原……"

三个小时不打就上房揭瓦。

糟糕，小瓦的忘情演说惊动了大黄蜂。被小瓦说得一痴一愣的我清醒过来，去捂他的嘴，大黄蜂的目光呼地一下从我们头顶跃过，再用力地抽抽鼻子，像狗一样，然后紧闭嘴巴，就像一只真正细腰丰臀的大黄蜂那样嗡嗡出声。天哪！它是不是受了刺激想做变性手术？我的脑袋随着声波的颤动晃动起来。这样浓郁的桂花香味也遮蔽不了我们的体味？或者说这是一只做过变脸手术的狂派机器人？出租车发出细微的颤动声，这是一种十分特别的非常复杂的声音。我以前从未听到过。怎么说呢，可堪用散户的心态来比喻。一种含混的音调一阵一阵地从发动机那个位置传出，当音调传至车身每个部位的时候，发生了变化，分为几重：低音，若散户低声窃笑；中音，若散户强作镇静；高音，若散户哭天抢地。几个声音在打架，你咬我一口，我咬你一口，一会儿像被风吹得哗啦啦的夹竹桃叶，一会儿又像那个黑裙女人尖细强悍的嗓门。蓦然间，狂风大作，街头一阵飞沙走石，出租车车门弹出，轮胎后缩，车身扭曲，咔嚓几下，竟然在瞬间变形为一个绿色的我从未听过的汽车人，站在马路中央，竟与大黄蜂一起歌唱起来：

"把股票当成是投资才买来，一涨一跌都不会害怕掉下来，不理会大盘是看好或看坏，只要你翻倍我才卖。我不听别人安排，凭感觉就买入赚钱就会很愉快，享受现在，别一套牢就怕受失败，许多奇迹中国股市永远存在。死了都不卖，不给我翻倍不痛快，我们散户只有这样才不被打败。死了都不卖，不涨到心慌不痛快，投资中国心永在。就算深套也不卖，不等到暴涨不痛快，你会明白卖会责怪，心态会变坏，到顶部都不卖，做股民就要不摇摆，不怕套牢或摘牌，股票终究有未来！"

他们并肩跑远了，大概是跑向稻城的某个证券营业部。我惊讶地吐出舌头。白雪公主拽我的胳膊，"阿槑，我看过你藏在梦里第九号房间的一本书。书名我忘掉了。叫什么乌合之众。说疯狂最容易传染，比瘟疫还厉害。希特勒就是靠这个蛊惑善良勤劳的德国人民。希特勒是谁呀？"小瓦想说话，我扼住他的喉咙，"跳钢管舞的裸男。少女不宜。"小瓦的舌头吐出一丁点，咦，他没喉结？蝙蝠果然与人类不一样。

出租

八

一只鸟从天上飞过。又一只鸟从天上飞过。一下排成 S，一下排成 B。看不清是什么鸟，反正不是没长翅膀的阿鸟。月光与鸟拉出的排泄物差不多，落在我们头上。我们走在稻城的夜晚，步履蹒跚。街道承受了我们的焦虑，变得奇形怪状。我知道我的沮丧来自何处，但我不敢肯定他们为什么也是一副如丧老妣的嘴脸。我暗自嘀咕。

人心散了，队伍就不好带了。当下之急，就是激励大家，给他们指出一个明确的目标，哪怕这个目标是《一九八四》里的乌托邦，伸出的手臂也要坚定不移，却不可有丝毫摇摆。领袖的魅力并非来自对日常生活的洞察以及对未来敏锐的预见力，而是他非同一般的勇气以及那近似歇斯底里的自信心。一个真正的男人要有一颗强悍的心脏。其他的都是次要的。所谓强悍，百折不挠，若石头底下的草，诸葛小花手中的枪，那惊雷铸就的刀。

一念及此，我热血沸腾，仰天长嗥，双手握拳，捶打胸脯。阿鸟讶道，"阿粿，你又发羊角风了？是不是心口疼？要不要我揉揉？"

白雪公主白了他一眼，"蠢鸟，阿猱在学人猿泰山。听听，人家叫声里充满了挑衅之意。他是要与变形金刚摔跤。"小瓦嘻嘻笑了，说，"阿猱，你是吃了狼头草吗？"小瓦竟然拐着弯诬蔑我是眉毛长在一起的狼人。我敲了他一个爆栗，跳上商场门口的青石台阶，挥舞手臂说道，"同志们，我有个想法，我觉得我们来到这个世上，必定是有缘由的，是有使命的。这个使命是什么？请举手发言，不要插队加塞。"

小瓦举手最快，"浪迹天涯，让万物进入内心，去察觉世界的奥秘。"小蝙蝠的书读得多，蠢起来也就特别厉害。这样的广告文案用石灰水刷在路边墙壁上，普通群众能看得明白吗，会因此神志不清把脑袋系在裤腰带上跟着咱们闹革命吗？秀才造反十年不成。我抠出一小块鼻涕，准确地弹在他的手掌上。白雪公主的脸微微红了，手指交叉绞来绞去。我很清楚小资分子肚子里打的是什么算盘，脸转向阿鸟，"你说。"阿鸟挠头，喃喃说道，"阿猱，你最早不是说去替白雪公主寻找她的王子吗？怎么，改主意了？"我差点吐出一口血，大吼一声，"咱们现在是谈使命！"

阿鸟问，"使命是什么啊？又不能当大白菜吃。"

哎，童年天天吃大白菜的孩子真是不幸。我尽量让自己的语气平缓一点，"使命就是有组织，有纪律，有理想，有道德，为某个共同目标走到一起，抛头颅，洒热血。啊，天地有正气，杂然赋流形。下则为河岳，上则为日星。我们要像文天祥那样留取丹心照汗青。人生一世，怎能光惦记着一颗大白菜！"

白雪公主不乐意了，"呸，民工讨薪就不要抛头颅洒热血？你别说没有这样的事。我在你藏在梦里的第十三号房间里看到过。"

这是什么样的混账逻辑？孔子曰：惟小人与女子难养。我在心里哀嚎，目光投向小蝙蝠。小瓦同志，组织考验你的时候到了，在这种重大的要决定历史走向的会议上，你要对得起人民的信任。小瓦的眼珠子飞快地旋转。我都以为自己在看大风车。小瓦搓起手掌。这是一种肢体语言。于是，我抖了抖脚脖子，发出一个明确无误的信号——以后的洗脚水就不用你倒了。小瓦又去抓后背。我做了一个目视阿鸟的动作，意思是说，以后若有扛包裹的话就归他干了。小瓦扬起左眉，我扬起右眉。OK，协议达成。我与小瓦不约而同露出心领神会的笑容。

小瓦没有辜负人民的殷切期望，扬声说道，"我觉得阿槑说得对。我们既然来到地球上，就总得干点什么。咱们虽然不能代表最广大人民的根本利益，但同样要为稻城的富强、民主、文明，贡献自己的全部力量。比如现在，我们可以成立一个团队，就像水泊梁山的那帮好汉，树起一面替天行道的旗帜，惩恶扬善，劫富济贫，行侠仗义。"

白雪公主叫起来，"我不做梁山好汉。扈三娘太可怜了。父母兄弟都被这伙土匪杀光了，还被强行许配给了矮脚虎。"

少不读《水浒》，老不看《三国》。我该如何管教这位叛逆的公主阁下？让她看的书她不看；叮嘱她不要乱翻的书，她倒来劲。

瞅她偶尔思春时的模样，十有八九，还偷看了我藏起来的欧美 A 片。看来，我要辜负她爹她妈的托付。但，她爹她妈毕竟已去阴曹地府，虽然辜负了，说声对不起就够了。现在还不是批评她的时候，要争取一切可争取的同志，团结一切可以团结的因素，才能取得事业的胜利。我慷慨陈词道，"小瓦同志的发言是积极的，要戴小红花的。作为一名国际主义战士，他对中华民族传统文化的理解还不深刻，但他现在所表现出来的毫不利己专门利人的高尚情操已经震撼了天下黎民。你们抬头看看，老天都感动得要流泪了。作为一位血族成员，这需要一个多么博大的情怀？小瓦同志是一个高尚的人、一个纯粹的人、一个有道德的人、一个脱离了低级趣味的人、一个有益于人民的人。"

阿鸟小声嘟囔，"小瓦不是人，是蝙蝠。"

我诚恳地说道，"我们是从猴子变来的吗？猴子可以变成人，一只以黎民苍生之幸福为己任的蝙蝠就一定不会变成人吗？人是什么？就看他是不是心里装的是全人类。世界从不缺少拥有人的形状却有一颗兽心的生物。更何况，蝙蝠是有益于人类的。它们消灭大量蚊子、夜蛾、金龟子、尼姑虫等害虫，一夜可捕食三千只以上。它们的粪便还是很好的肥料。经过加工的蝙蝠粪又被称为'夜明砂'，可以入药。它们还是唯一真正能够飞翔的兽类，拥有超常的回声定位方法，能够在伸手不见五指的黑夜里捕食。它们还能依据地球磁场和日落方向标识导航，飞行数千英里，也不会误入歧途。全世界约有九百余种蝙蝠。同志们啊，这是一股多么强大的力量！我们有什么理由不去接纳？另外，'蝠'字与'福'字同音，阿鸟，你可千万别告诉我，你在祖龙寨没见过印有蝙蝠的年画。"

小瓦的眼眶湿润了。看他的口型，是在说"士为知己者死。"真是好同志。我在离家出走前看好莱坞大片《蝙蝠侠》时所查阅的资料没有白费工夫。我朝小瓦投去赞许的目光。小瓦高高举起拳头，"我提议，我们成立一个阿羿正义团！有了阿羿的领导，就有了那光辉永恒的正义之剑，我们一定能战胜所有的歪门邪道。比如，那乞丐老头丢掉的钱，我们可想法子找回来。还有刚才那只变形金刚，其实我们只要团结起来，发挥出集体的力量，完全可以制服它，让它喝上几加仑清泉水，神智恢复清醒。具体方案如下：阿鸟在夹竹桃边挖洞，白雪公主唱塞壬之歌分散他的注意力，我飞到他面前诱使他自己跑到陷阱里。阿羿负责运筹帷幄，往陷阱里灌浆糊。"这几句话说得真不错，不仅充满智慧的闪光，更若铿锵鼓声，直播人心。我拍起巴掌。阿鸟频频点头，嘴里还唱，"一根筷子轻轻被折断，十根筷子牢牢抱成团……"

白雪公主哇一下哭了，"我才不要与你们抱呢。"

我了解这位看多了王子与公主之类童话书的白雪公主的心思。这不是抱与不抱的问题，虽说因为她念念不忘那个还没出现的王子殿下，再加上太熟不好下手，我与她没有那个过，但她没事就在我梦里梦外蹿来蹿去，可没少肌肤相亲。

我咳嗽了一声说道，"今天虽然不是三八国际妇女节，但我们同样要尊重女性。过去我们许多男同志过分夸大了男女生物学上的差异，有的还得了'厌女症'，比如仓颉，在造字时，把一些不好的词都加上女字旁，什么奴、妖、妄、妨、奸、婪、妒等等。还有的认为女人只是男人的一根肋骨。我就不具体点名了。总之，这是一股错误的思潮。女性是美的。她们相互依靠，有爱心，善于合作，更愿意分享感情与信任，没有等级制，自然向上，温和敏感，更具有包容性。这是一种子宫的美德，所以将相王侯贩夫走卒皆自此中出。"

白雪公主尖声嚷道，"这些臭男人误解了神的本意。神赐予他们阴茎是为了让他们懂得付出的真谛，从而与女人融为一体，而不是把精液视作鼻涕粗暴地撸在女人下半身。他们不知道或者说根本不在意他们撸出来的东西并不是鼻涕，而是生命的种子，这些种子随时都可能在女人子宫中生根发芽。事实上，女人的性能力之所以远比男人强大，是她们一直在不断付出，付出比得到更有意义，可男人这种动物就是不明白。他们着迷于各种规则，忘了任何规则都基建于男女这两种生物存在这个事实的基础上，他们舍本求末，为幻觉所驱使，追逐名利，侵略征服，并写下各种各样的书籍，政治的、经济的、历史的、文化的，唯独没有写下如何去爱一个女人的，让她欢笑，让她大叫，让她眼睛发亮。他们喋喋不休说要对工作负责。他们从来就没有把讨女人喜欢当成一种工作来做，只是当作一道点心，一道闲暇时用来愉悦自己心情的芝麻小甜饼。"

我目瞪口呆。阿鸟的下巴掉在地上，被小瓦踩着。小瓦更糟糕，口水在地面与嘴角之间拉出一条银白色不停震动的弧线。

慷慨激昂的白雪公主终于看见了我们的表情，一张小脸顿时通红，嘴里嗫嚅道，"第二十一号房间，没放在书架上，被你用来垫桌腿的一本书。书名《网人》，作者，黄孝阳。"

"他还说了什么？"

"他说，女人一直在受苦，女人一直在创造，一直在爱。流血、怀孕、生育之苦全为女人所承受，于是女人得以创造生命，并在创造过程中明白了什么是爱。他还说了许多许多……什么我相信这个世界是非理性的，我相信爱是不可以加减乘除的，我相信付出比得到更有意义，我相信我的存在、善念一定会给这个世界带来一些好的改变。"

"天哪，这是色情读物！这种作者我见多了，上半身口口声声嚷着爱，下半身就只晓得做爱。唉，要我怎么说呢？白天瞎鸡巴忙，晚上鸡巴瞎忙，说的就是这种男人。"

"鸡巴是什么？"

"哦，鸡的爪子。鸡啄虫子吃时，在泥地上留下的脚巴掌印。现在我宣布——"我用力地挥舞了一下拳头，"白雪公主暴力团正式成立。简称 BXGZBLT。第一个任务就是夺回那被万恶的迷魂党骗走的三万块。"

"团旗是什么？"这是阿鸟的声音。

"白雪公主的脸，小瓦同志的翅膀，你的拳头，加上我的大脑。"

"最终任务是什么？"

"给黄河按上栏杆，给飞机设计倒挡，为长城贴上瓷砖！"

"为什么叫暴力团？不叫正义团？"

"正义，或许说相对的公平稳定，若没有暴力的捍卫，那就要被人当成小姑娘卖进青楼。你能答应吗？我们无产阶级绝不答应。我们的暴力是人民的暴力……是的，布尔什维克进行了反对资产阶级的革命，用暴力推翻了资产阶级政府，打破了资产阶级民主的一切传统习惯、诺言和训诲，为了镇压有产阶级而进行了最激烈的暴力斗争和战争。我们这样做，是为了把全人类从帝国主义的宰割下拯救出来，是为了结束一切战争……"

"《列宁全集》，第二十九卷，第三百零四页，人民出版社一九五六年版。"这是小瓦清脆的嗓音。我热泪盈眶，"看看，小瓦同志作为一只吸血鬼，还时刻不忘用无产阶级理论来武装自己，整天捧着领袖的著作手不释卷，都能随口背起这段话的出处。这是什么样的觉悟？这是超越种族、肤色、毛发的大觉悟。你们这两个同志要加强学习啊。"

云往楼层后面飘去，把我们最早的沮丧迅速带去。

事急从权，革命若没有一杆旗帜在前头迎风飘扬，那万万不行。肩负重任的小瓦在拳头与唾沫的威胁下，飞了起来。

阿鸟高唱，"你们是害虫，你们是害虫，正义的我们，一定要把害虫杀死！"声音哑嘶尖细，翱翔而上，好像一只鳞翅细密的在不停地打着嗝的怪鸟。小瓦一边与怪鸟搏斗，一边破口大骂阿鸟的十八代祖宗都是卖破锣的，一边歪歪扭扭朝着高楼的第十九层飘去。不怕不识货，就怕货比货。桃花岛上没事就玩双手互搏的周伯通见了小瓦同志这等本事也得瞠目结舌。白雪公主在这一刻变身为小瓦最忠实的粉丝，浑不顾淑女形象，跺脚直喊，"小瓦加油，小瓦加油。"她的鼻涕都流到下巴上，脚底板在坚硬的水泥地面上扑嗒扑嗒。她脚底有血泡，为何一点也不觉得疼痛？我暗暗心惊。粉丝，这种以绿豆、薯类等的淀粉为原料制成的线状食品原来拥有这样的魔力，居然可以让一位童话王国的公主为一只还没有进化的吸血鬼神魂颠倒。

主啊，我们现在不是在拍摄《人鬼情未了》，请让小瓦臭脚丫的味道飘进白雪公主的鼻孔里。纵然她有很多又长又黑的鼻毛，也可能会在这种不人道的刺激下认清一个真理：革命不是请客吃饭，不是拿绣花针，是水对保守的岸的造反，是锤与顽固的铁的搏斗。

我忧伤地注视白雪公主，等到她一头撞到电线杆上后，再手搭凉篷，仰头观天。那扇洞开的窗户后有一小块白色的东西，模模糊糊，看不出是啥质地。不是人。男人没有这样白。女人比它白。这可能是一块被风吹动的白布，裁剪一下，用来做旗帜应该还行。是白雪公主发现它的，当她看见它的第一眼，马上挥舞起她那十根长长的指甲，骄傲地宣布，"我可以用指甲裁剪它。想裁成圆的，保证比十五的月亮还圆；想剪成方的，那一定比阿槑生气时的脸还要方。"白雪公主忘了一件事，往旗帜上喷图案也还是需要红颜料，但这不用犯愁，往阿鸟心口猛击一拳，只要保证力度，他定会大口大口吐血，一直吐得桃花灿烂。我攥紧拳头，头顶的星辰倏而生，倏而灭，一股庄严的沛然之气倏然充溢四肢百骸。

天上有七星。第一天枢，第二璇，第三玑，第四权，第五玉衡，第六开阳，第七瑶光。

啊——北斗七星高，单于夜遁逃。若将轻骑逐，大雪满弓刀。

我唱起歌，眼睛酸掉了。然后，小瓦掉下来。若说刚才的他是一只摇摇晃晃的风筝，现在的他就是伽利略从比萨斜塔上扔下的那块小石头。大石头不是他，是那个白色的物体。物体下落的快慢并非是由它们的重量大小所决定。它们将同时落地。在这电光火石的一刹那，我深思起来，救小瓦，革命的旗帜就要轰然坠地；救旗帜，小瓦要摔成肉酱。这对革命事业将是一个不可挽回的重大损失。这种必要的牺牲是革命大业所可以接受的。但若旗帜上被溅满了一大堆蝙蝠肉酱，却也有点不对劲。

宇宙没有因为我的深思停止摆动。作为一个忠实的粉丝，白雪公主充分发挥了她的主观能动性，脚踹在阿鸟屁股上。阿鸟身子前冲，冲得太猛，一头撞在路边的不锈钢垃圾箱上，头没破，血没流，躺倒在地，额角肿起大包。我掩起眼睛，在指缝里看见白雪公主尖叫一声迅速背转身。主啊，请及时地降一场大雨，把这要发生的满地血腥洗去，大地又将如初生婴儿一样干净。我准备为出师未捷身先死的小瓦同志默哀三秒钟。眼睛还没有闭上，听见小瓦吱吱地一叫，慌乱中的他终于记起自己是一只蝙蝠，左脚爪在右脚爪上一蹬，右脚爪再在左脚爪上一点，身子竟然向空中拔高了一厘米，黑色的翅膀呼地一下抖开，把那团白色的影子兜入其中。

天，小瓦同志竟然打破了牛顿第三定律！革命队伍中有了这样的俊杰，还怕大业不成？我的身子一歪，差点倒在一脸痛苦的阿鸟身上，眼角余光瞥见那团白影，手指不听话了，伸手去扳像天鹅一样举着脖子的白雪公主的肩膀，"看看，同志，这就是你要用来剪裁成革命旗帜的。"

一只动物傻傻地看着我们四个。是白色的，纯粹的白色，白得让人心生邪念。四条腿，有尾巴。还有一张线条匀称的脸，脸上面撒满汤圆大小的黑色斑点，连耳朵上都有。这是什么？

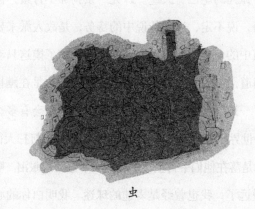

虫

九

小瓦落回到地面，来不及喘匀气，手忙脚乱地蹦过去，一巴掌抓住这只畜生的耳朵。这条懂得察言观色的畜生，马上把哀求的视线投向我们队伍中唯一的女性。

白雪公主不忍心了，"小瓦，不要这样暴力。说不定人家是饿了，以为你是一块肉，所以奋不顾身地扑出来。"

小瓦的脸色又紫了三分，模样还真像动漫书里的吸血蝙蝠。他的力气真大，把它的舌头都踩了出来，再踩下去，恐怕就要踩出内脏。我阻止了他进一步的行动。这应该是狗，狼的尾巴又坚硬又粗糙；狐狸的尾巴一大蓬。踩死一条狗那不打紧，但先得弄清它的身份，说不定，这是传说中的特务，是敌人派来妄图打入我革命队伍中的一员。我堆起和蔼的笑容，摸了摸这只动物湿润的鼻子，问道，"为什么要跳楼？或者，你以为这是在蹦极？你的狗血若洒了一地，穿着黄马甲的环卫工人扫起来会有多么辛苦？啊，当整个世界还在发出鼾声的时候，他们就开始打扫大街。第一颗露水，总是落在他们手背上。那是老天爷感动的眼泪。啊……对不起，我说远了，我也曾经是麦迪的球迷。我明白你的心情，生无所欢，死亦无所惧。可你要自杀，为何不选择悄悄吃老鼠药，在不知不觉中温柔地亲吻死神的胸大肌？"

小瓦吼叫起来，皱巴巴的脸涨得通红，"割脉也成，强烈推荐使用吉列剃须刀，刀片极为锋利。割脉之前，记得在身下再垫三层棉絮。开煤气灶也是好法子，一氧化碳中毒后，脸庞绯红，特别有美感。或者往头上戴一个塑料套，窒息而死。又或者，去找另一条母狗，弄到精尽而亡。哦，这条死法属于儿童不宜。再要么煮一大锅热油跳进去，还能为人类餐桌上贡献一道美味。再要么去上吊，相对于跳楼来说，上吊也算是一种比较温和的死法。说实话，你若真想死，只要穿上一件广告衫，上面再印上几句让领导不大高兴的口号，几个月后就肯定能投胎转世了。我就奇怪了，这么多种死法，你都不选，偏偏选了跳楼？"

小瓦的愤怒是可以理解的。我抚摸着这条狗的皮毛，短、浓厚、细腻且紧贴着。既不是羊毛质，也不是丝质。它平常过的日子起码是小康生活。它要跳楼，绝对不会是因为吃不饱饭。它的颈部呈优美的圆弧形，相当长，没有赘肉，平滑地融入肩胛。它的尾巴，很柔软，是狗，是条可以卖钱的好狗。

我说，"我理解你那颗壮怀激烈的心。生命诚可贵，爱情价更高。若为自由故，两者皆可抛。但是，什么才是自由？是你的心。我知道你不愿意做狗，想早日挣脱这具臭皮囊，可大千世界谁又不是被这具臭皮囊装着？就拿这些看上去坚固无比的房子、街道来说，它们的形状同样是牢笼所在，不过百年，便也要逝去。明白这个道理吗？读过《活着》吗？余华写的。活着就是目的，活着就是一切，活着就是像狗一样！看看，人类都要向你学习。孩子，坚强一点。不要沮丧、不要悲观、不要难过、不要绝望，道路是曲折的，前途是光明的。主造了你，便有他的理由，不会把你当成一只苍蝇扔在玻璃杯里。若不是这位公主殿下及时发现了你的自杀企图，而我又及时把这位会飞的同志派上天空去拯救你，你现在就在奈何桥上被无数鬼卒用皮鞭没头没脑地抽打，怎么对得起主的殷切期望？你可知道，那鞭子有多凶悍？它能把你打回成受精卵。"

白雪公主的目光若盈盈水波，"阿槑，我好感动。原来你的心胸是那么宽广，对整个世界都充满了爱。"

我的眼眶湿了，"好狗狗，告诉我，为什么想不开？"

狗眼睛的颜色是蓝色的。大海一样蓝。现在，大海朝我很缓慢地摇了一下，然后又很坚决地摇了两下。

这充分证明了这样一条真理：总有一些狗东西给脸不要脸。

我左说右说站起来说跺着脚说把眼睛瞪得铜铃一样大说撕心裂肺舌绽春雷地说，这条目光警惕的该死的狗仍然一声不吭，嘴唇整洁而紧闭。

小瓦笑了，"阿槑，这傻X在给我们演哑剧呢。把它收拾收拾扔铁轨上吧。火车飞驰而过，再一看，两截三段！多好。"

沉默多时的阿鸟终于怒了！这一怒若半空中炸了响雷。"你以为自己是拨浪鼓？"阿鸟的乱发根根竖起，额头青筋鼓胀，拽着狗尾巴抡出一个圆、二个圆、三个圆，一松手，狗飞到天上了，乖乖，比十九层楼还高，摔下来，就是彗星撞地球了。小瓦乐了，"摔死这个狗娘养的。"我在胸口画了一个十字，念起往生咒。主啊，总有那么多的冥顽之徒不能理解你的仁慈。

白雪公主这回没有双手捂面，冒出一句，"听说狗是摔不死的？"

阿鸟恶狠狠地说，"那再摔一次。总能把它的骨头摔成土。"

我抬头看天，头顶那个小黑点越来越大，我依稀听到几声凄厉的狗吠。"它在说什么？"我不无疑惑。

"它在狗叫。"阿鸟很肯定地说。我把目光转向小瓦。

小瓦耸耸肩膀，"它说，救命。我全说了。"

我说，"妈的。一点诚意都没有，还讲外语。阿鸟，等下若没摔死它，再扔上去。让它学会讲普通话。"

"不必劳阿鸟大驾。看我的脚法。"小瓦腾身跃起，憋足气吐出牙齿，一脚旋身侧踹。这一脚踢得狠，凭空生出风雷。白雪公主尖叫，"哇，太帅了，比罗纳尔多还要帅！"呸，长了两颗獠牙就以为是罗纳尔多附体？我抽抽鼻子，低下头默默祈祷小瓦的脚会突然抽筋——说时迟，那时快，耳边传来扑通两声，阿鸟大叫，"哈哈，香港脚！"我睁开眼。阿鸟在手舞足蹈。斑点狗沿着电线杆一寸一寸往下滑。小瓦以一个不可思议的一字形姿势横跨在地。主啊，你果然存在于每一时刻。我死死地咬着自己的嘴唇，痛，并快乐着。白雪公主笑得比我还要辛苦，好不容易掸去碎花裙上所沾上的灰尘，下了结论，"他的劲用得太大了，脚尖只够到狗的臀部，脱臼了。"主，我伟大的主！我强自支撑着身体，踱到瘫软如泥已经不再保持优美体形的斑点狗身边，笑眯眯地把它毛茸茸的尾巴在电线杆上打了死结，说道，"请说普通话。"

这条狗叫克林顿。之所以跳楼是因为它的爱侣莱温斯基死了。它的主人叫希拉里。这个双眼皮是割的、牙也是整过形的野心勃勃的女孩，打听到来自贵州的男主管喜欢吃母狗肉时，毅然把莱温斯基红炖了。炖得还特别有讲究，先用绳子吊，用鞭子抽，抽掉半条命，扔沸水里活活烫死。然后扒皮剔骨，搁入大香、八角、桂皮、姜等等，煮到入口即化，再切成伟哥那般形状的碎丁，拌以朝天椒，佐以鲜醋酱油。那主管吃得是赞不绝口，性欲勃发，当场把希拉里给办了，并许诺明年提职升薪。

克林顿说到这里，泣不成声。白雪公主也是涕泪交加，嘴里直念"他们怎么可以这样？"再念下去，白雪公主要变身为祥林嫂了。白雪公主哽咽着，去摸克林顿的头。阿鸟拦住，"小心。它的眼神极不老实，它说的可能是谎话。还有，所有的狗都可能是疯狗。"白雪公主一惊，讪讪缩回手。小瓦补充道，"狗，哪有好东西？狗东西、狗仗人势、狗眼看人低……嘻嘻。"小瓦双手做出划拳喝酒的动作，越笑越大声，这笑声很快便把他的眼珠子撑了起来。我也笑，笑得很中国山水画。那个姓希的中国女孩真了不起，爱憎分明，立场坚定。多半她的初恋男友是被第三者给抢了去，心灵受过极大创伤。

我问，"你的主人是不是有事没事就打骂莱温斯基，罚它跪，让它挨饿？"

斑点狗愣了，良久小声说道，"你咋知道？"

小瓦来劲了，"你也不看看是谁？这是我们白雪公主暴力团的上知天文、下知地理的伟大团长，阿粿先生。啊，他的胸怀像太阳一样光明磊落，他的思想与天穹一样广大，他的光辉照耀了三界众生。"

马屁不是这样拍的。小瓦，拍马屁是一种艺术，要拍出音乐的节奏，拍出广陵曲来，那才叫高妙。拍得狗都吐了，这算什么？我语重心长地捶了一下小瓦受伤的大腿，小瓦老实了。我说，"尊敬的克林顿先生，你的故事很悲惨。但请注意，这只是一个故事。根据你一贯恶劣的品行，你如何让我相信它是真实事件？"

克林顿绝望地叫，"伟大的阿粿，请你留神嗅嗅，空气中有什么？"

阿鸟说，"有桂花香。"

"桂花香里还混杂着什么？"克林顿提醒道。

"还有烧焦的机油味，可能是刚才那个变形金刚留下的。"白雪公主说道。

"还有一对小老鼠在地下污水通道里喃喃说着情话；十几只蚂蚁在咀嚼面包店橱窗里的蛋糕；一个没门牙的老头在这幢大楼的第十三层房间咳嗽；一只母壁虎在给另一只被钉死在夹板隔层里的公壁虎喂食；一个酒瓶被风推倒，砸死了一只蟑螂……这些声音在不断繁殖，如同单细胞体那样分裂出更多的细微的声音。

它们有光泽，有深度，意味深长。是一扇扇世界的门，只要仔细去捕捉它们，就能看到万物之奥。知道吗？这颗沙子就是西伯利亚冷气流从俄罗斯带来的。"小瓦表情严肃，在耳朵上摸了一下，再摊开。手掌上有一粒细砂。

我一把拍掉，"小瓦，人家是让你嗅，不是让你去摇耳朵。"

克林顿伤感了，咆哮起来，"你们还是不是人？这么香的狗肉味你们也嗅不到？呜呜。我可怜的莱温斯基啊。"

"咦，它说狗肉香？你也吃过了？"阿鸟惊奇道。

"我的莱温斯基的肉当然是香的了。难道像你一样臭？"克林顿反唇相讥。

"我嗅嗅。你说得对，是蛮香的。就像我小时候吃过的第一碗大米饭。真香。"阿鸟的口水滴下来，看着克林顿的目光里就有了内容。小瓦也露出一副心旷神怡的表情，鼻孔咻咻，活似一个吞了鸦片的大烟鬼，"香腴无比。就与初生的露珠一样。你叫什么名字？克林顿？你自杀吧。这回，我不拦你。"白雪公主在舔嘴，肚子还咕噜叫了，叫得很不吻合她一贯的形象。她意识到这点，不无窘迫地把头转到另一边。

克林顿的狗腿颤抖了，蹄子刨地，它想干什么？它猛地纵身往我扑来。幸好我有足够的警惕心，在它森白的牙齿离我喉咙一毫米处时，被绑在电线杆上的狗尾巴阻止了它进一步的动作。克林顿摔落在地，那张聪明伶俐的脸上滚落下几颗泪珠，"你们真没人性。听了这样悲惨的故事，还有胃口作饕餮之徒？你们不得好死。你们吃了我，会被天打雷劈生个孩子是畸形儿。"

克林顿骂人的词汇真少，比黑裙少妇差太多了，替后者打杂的资格都不够。我蹲下身，说，"你既然想死，被我们吃掉与被人倒进垃圾场不都是一回事吗？何况，用你的肉温暖我们的胃，这是大功德啊。佛祖舍身饲虎的典故知道不？估计希拉里这样求上进的同志是不懂的。要不要我给你上上课，免收学费。"

克林顿一怔，脱口说道，"这世界上还有这么多的肉骨头我还没啃完呢。我干吗要死？"

"但叫莱温斯基的被人炖了的母狗不是天下仅有一只吗？"

"呜，我要死，谁也别拦我。"

"放心，我们不拦。"我们四个异口同声地说道。我去看白雪公主。白雪公主的脸刷一下就被涂上红油漆了，脸马上板成月牙儿。我呵呵笑，向她示意，"等会你吃大腿。狗肉滚三滚，神仙站不稳。"

阿鸟兴冲冲地说，"一黄二黑三花四白。这狗的毛色有点花。得多加一点佐料。"

"笨，人家这叫斑点狗，排名在黄狗之上。我可是见过吃狗肉的高手，那是牛人，任何狗肉，只一口，连籍贯、性别、婚否都吃得出来。人家最赞的还就是这种斑点狗。看过《第一百零一只斑点狗》吗？剧组里的那么多斑点狗，全被这家伙买来清蒸红烧了。"小瓦在捏拳头，"我说克林顿，既然莱温斯基已经去了，你也安心去吧。啊，在天愿为比翼鸟，在地愿为连理枝。天长地久有时尽，此恨绵绵无绝期！"

小瓦居然连白居易的《长恨歌》也背得这样熟悉？非我族类，其心可诛。这家伙还学我的口头禅"啊"个不停。要当心帝国主义亡我之心不死。我在藏于梦中零号房间的小册子上，迅速用朱红大笔再记上一笔。才几个时辰，这些小册子已攒下一大堆。纸张珍贵，可用作造纸原料的热带雨林正以每秒数百公顷的速度在飞快消失，要节约资源，要环保再生，所谓但存方寸地，留余子孙耕。

克林顿的腿打起颤，"你们不会这样干吧？喂，你们是文明人。"

"人类的文明史，也就是暴力史。啊，枪杆子里出革命；啊，所有的政治都是为了争夺权力，而权力的终极就是暴力；啊，暴徒为人民指引道路；啊，暴力如同阿喀琉斯的长矛，能治愈它自己造成的伤口；啊，不可抑制的暴力……是人类自身的再创造；啊，疯狂的愤怒使世界的苦难转变为生命力……"这是小瓦阴阳怪气的声音。

说特务，谁是大特务？自打小瓦变身为人后，我就没见到他最早握在手中的大烟袋与美人扇。那两件东西是不是他向敌方情报机关发送消息的特殊电台装置？我低下头。霜露阴阳之气，阴气盛则凝而为霜。我忧心忡忡，细流在胸腔中流过。这是一种奇异的声响，比寒秋冷夜更要折磨内心。好记性不如烂笔头。得把这些蛛丝马迹记录下来，就像韩局长用娴熟的白描手法记录自己的官场生涯那样，说不定我的这本日记有朝一日将成为 FBA 的工作手册。我抽抽鼻子，想起了齐天大圣的火眼金睛，嗟然长叹，"小瓦，在革命的道路上，我们要扫除一切害人虫，就要发动最广大的群众，这也就包括了这条狗。我们现在的目标是去追捕迷魂党。狗这种靠鼻子过日子的动物，能有效分辨出二百万种不同的气味，它或许能帮我们一个忙。我们不能因为肚腹之欲，而忘记革命目标，就暂且寄下它一颗狗头，视其表现再说。"

有了克林顿的加入，我们的工作变得简单而高效。克林顿绕着那根电线杆转过几圈就很毅然扬起一条腿，指向那迷宫一样的街巷深处。小瓦吓唬它，"指错了路，我就剁你的腿下来炖！"克林顿的智商不低，看它的眼神也晓得它已清楚在这四个人中，谁才是话事的老大。它很不屑地朝小瓦扬起下巴，高高举起两条前爪。我说，"出发。"

要找到迷魂党，就要先找到白发老头。他身上一定还残存有迷魂党的气味。做一名侦探其实并不难，只需要像狗一样，嗅觉灵敏，又跑得快。阿鸟瞅着撒开蹄子贴着墙壁一路狂奔的克林顿，不无担心地问，"它跑这样快，会不会放我们鸽子？"这是不用担心的。狗不像人，它懂得感恩，何况我已经许诺等事成之后替它料理那对奸夫淫妇，为美丽的莱温斯基报仇。"干革命工作，思想政治工作是第一位的。"我语重心长向阿鸟解释，"有没有瞅见它的脖子上多了什么？一条项圈。一条来自童话王国的电项圈。只要我按动这个开关，保证它呼之即来，来之能战，战之即胜。"

为了彻底打消阿鸟的顾虑，我自腰间摸出童话国王在向我托孤时带来的一个长条形的礼物，摁下开关。前面汪地一声叫。黑暗中冒出一小丛蓝色火花。克林顿闪电般飞蹿回来，口鼻间淌出清涕，“伟大的阿槑大人，请问有何吩咐？”我呵呵笑，替它理顺了颈间的一绺乱发，“你跑得太快，公主跟不上。慢一些，不要急。我知道你胸中如风雷激荡的革命热情。但我们急了，敌人就高兴了。沉住气。”

小瓦闷闷地嘀咕，“咱们干革命工作，还得靠一条狗来指明方向？”

“小瓦，你在乔扮德古拉伯爵时所说的那些话，是从哪本书上抄来的？”白雪公主被这条可爱的伸出舌头在她掌心舔来舔去的克林顿迷住了，也忘掉了几分钟前自己还是小瓦坚贞粉丝的身份，语带嘲讽地说，“还熵呢？万物渴望均匀一致呢？狗与人类有什么区别，都是造物的恩宠。万物有差别吗？在我们童话王国，每种生物，动物、植物，甚至矿物都是有生命的，都会说话，用各自的方式表达自己对世界的看法。树有年轮，花有开谢，石头也会在河水里一点点变圆……”了不起，白雪公主没有完全荒废学业，这都深得庄子齐物论之真髓，说话的腔调都有点儿向我看齐的意思。果然是近朱者赤。我在心中暗赞。

阿鸟想了一会儿，说，“我们寨里也有好多山鬼、花仙、鱼妖、石精的故事。”

小瓦嘎嘎笑，“是不是什么田螺姑娘专门下凡替勤劳善良的农民做饭？”

阿鸟急了，“我从寨子出来的那个月，我们那还出过一个树魃。”

《山海经》讲魃是黄帝的女儿，光头，相貌奇丑。但写《阅微草堂笔记》的纪晓岚却一口咬定这是僵尸，只要把它从坟墓里挖出来，用火烧干净，受了旱灾的地方就会普降甘霖。据说魃能喝尽天下的水，爱生吃活鸡。所以，出魃的坟不仅坟头湿润，而且坟里藏有很多鸡毛。打魃，真是一桩全民健身运动。我在脑海里幻想起那个人人手执铁锹、锄镢的场景，不禁喟然一叹。现在的百米赛跑什么的田径运动，比起打魃，也太缺乏娱乐性了。树魃是什么东西？这还真是第一次听说。

阿鸟见连克林顿都朝他翻起白眼，愈发急了，"真的，就是树魃。我们那的人都这样说。唉，怎么说呢。他其实就是我们寨子东头住的王婆他儿子。就一条腿，真的，我没骗你们，能在树上飞。他的另一条腿是派出所的人几年前打断的。断了腿后，王婆找邻居把他抬回家，放在门板上，可有一天，他不见了。大家以为他是被豺狼叼走了。这样的事在寨子里常发生。谁也不知道豺狼什么时候来，又会叼走谁。它们连练过陈氏八卦掌的陈哥都敢叼。王婆哭瞎了眼后就不哭了。后来，寨子连续几年连滴雨都没有。大家都说，这是出了魃。然后大家注意到，王婆的屋门口老有野麝肉、山猪肉、猴头菇等山珍。就报告了派出所。派出所的人说他们不管魃。陈哥的爹胆子大，喊了寨里的人夜半时潜伏在王婆门口抓，还用了网。就把魃抓住了。真是王婆他儿子。那模样错不了。就是不会讲话。鼓着红色的眼珠，头发是乱糟糟、绿色的，嘀嗒叫着，牙齿雪白，到处蹿来蹿去，还从地上蹦到树梢上。要不是网足够大，他就跑掉了。"

阿鸟讲得颠三倒四，我还是明白了。咦，人变成树魈，这是进化还是退化？

白雪公主也听得津津有味，"那最后这只魈怎么了？你们把它放回山林了吗？"

"哪能呢？"阿鸟摆手，"陈哥的爹说，老天爷不下雨就是它作的怪。就用铳，装了铁砂，对准它的心口轰地一枪，把它打得粉碎。还真别说，第二天，寨子里就下了雨。大人们高兴坏了。可我不开心。一下雨，寨子里的路就是狗啃过的。对不起，克林顿，我不是说你啃过那条路。我只是心疼鞋子。下那么大的雨，我妈也逼着我去上学。学校在山腰的菩萨庙里，离我家有十多里远……"阿鸟蓦然闭上嘴，惊奇地看着我们表情古怪的脸，"你们怎么了？我没说假话。菩萨知道，真的，我若骗了你们，我就是王八羔子养的。"

小瓦叹口气，拍拍阿鸟的背，"无知不是你的错。唉，走吧。"

克林顿本来走在白雪公主与阿鸟中间，现在它不动声色地把身子转到白雪公主与小瓦的中间。阿鸟还是一脸茫然，"我说错了什么？喂，是公主说起什么山鬼、花妖的。你们干吗给我脸色看？"我吸吸鼻子，提醒自己，在这个革命队伍草创的过程中，一定要注意团结，不要分裂。我说，"阿鸟，你别胡思乱想。大家是想起了王朔的《无知者无畏》，哦，还想起了苏格拉底。"

"苏格拉什么底是干什么的？"

"一个哲学家。他承认自己是无知的。所以他是他那个时代最有智慧的人。你看，我们在地上画两个圆。圆内是我们已经懂得的知识，圆外是未知的。看上去大圆比小圆更有知识，但实际上，它比小圆更无知，因为它的圆周长更大，所接触的未知领域就更多。我这样说，是不是有点像绕口令？"

阿鸟有时候呆，有时候不呆，我怀疑他的情商与段誉的六脉神剑差不多，智商与白雪公主的胸部尺寸一样。他脸上露出若有所悟地神情，但我觉得他并没有真正想明白。没法子，人与人的差别就这样大，不是人人都可以成为李嘉诚以及李嘉诚的儿子李泽楷。所以——我的热血再次沸腾，再一次沉甸甸地感受到孟老夫子所说的，天降大任于斯人的意思。我高声唱，"革命军人个个要牢记，三大纪律八项注意。第一一切行动听指挥，步调一致才能得胜利。第二不拿群众一针线，群众对我拥护又喜欢。第三一切缴获要归公，努力减轻人民的负担……"

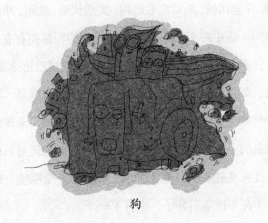

狗

十

一条巷子是因为其他巷子的存在才获得意义的。它们以横竖撇捺折这五种笔画组合在一起，成为稻城的一部分。它们不是城市的大脑、心脏、胃，不是肝、肺、肾，也不是呼吸腔道。它们是静脉，但更可能，它们只是盲肠，迟早要挨上一刀。

我在黑暗中默不作声。我们疾疾行军。万物没有鲜明的轮廓，一切都在模糊变形中，包括路灯下的破墙颓壁以及嵌在砖石里的小木门。光是惨白的，与死人的嘴脸差不多。我们聚于一处的影子仿佛是一艘船，而我们不过是船上的旅客。舵手是克林顿。它步履轻健，斗志昂扬，前后左右地跑，突然伏地、助跑、冲刺、跳跃，汪地一声叫。暗中蹿出一条狗。不是所有的狗都拥有克林顿这种智慧与语言能力，它们惊骇地瞄来一眼，夹起尾巴迅速溜走。

浅黑、灰黑、深黑，各种形状的黑如同大雾飘落。雾气中又有很多种气味，苦的，腥膻的，带一点栀子香的，辛辣的，煎鱼香的，酸臭的……它们混杂于一处，好像是一间厨房后面有个公共厕所，让人鼻扎扩张，鼻毛伸出。我打了一个喷嚏，阿鸟也打了一个，小瓦不做落后分子，也打了一个。

白雪公主不打喷嚏，手捂住嘴，语音里好像藏了一只变形虫，“阿槑，太臭了。这里是垃圾场！”

“不是垃圾场。”阿鸟纠正白雪公主道，“那里的味道不是一个臭字。怎么说呢？像毛毛虫，一大堆的毛毛虫，头下长角、胁下长翅膀，翅膀上还有五光十色的磷粉，有的还看得见青褐色的内脏。你在那里呆一分钟，它们就会爬满你全身，吸盘比蚂蟥还厉害。钻到你鼻孔里，钻到你嘴巴里。你的鼻毛伸得再长也不管事。”阿鸟得意地笑起来，“我有经验。”

白雪公主的脸比路灯还要白了，马上跳到我身边。阿鸟这是在不打自招。在垃圾场上呆过有什么值得骄傲？说自己是去垃圾场上视察工作？说自己是与国家领导人握过手的时传祥？就算是时传祥，时至今日，也恐怕得去央求某个人贩子，才能完成繁衍子孙的神圣职责。我喟然一叹。小瓦疑惑地问，“你身上为什么没有怪味？”

阿鸟要改名叫呆鸟，还在大放厥词，“我洗澡。去护城河。拿药皂往身上涂，得上海出的那种暗红色的。其他地方出的，没用。再拿刷子往身上刮，刷鞋子的那种刷。毛特别粗，特别硬。杂货店有卖，二块钱一个。刮下一层皮，再往河中央一站，天上的月光明晃晃照在身上，四面八方都是风，别提有多惬意。噢，刷子不用买，就在垃圾场里捡现成的。那里什么都有，跟阿里巴巴的藏宝洞差不多。能捡到皮鞋、熨斗等等，甚至有人捡到一台十四英寸的黑白电视机。插上电，居然还能看。就是捡垃圾的人太多。卡车嘟嘟过来，大伙儿跟着车子跑，车还没停，就往车厢上蹿。是翻斗车。呼啦一下倒了，人被埋在垃圾堆里，剩下一个头。太有趣了。可惜后来垃圾场搞什么改革，说要每月交钱领证才能去……"

白雪公主翻起白眼。阿鸟，从此，你这副好脸蛋在她眼里就是猪下水，还是馊掉发臭的。我嘿嘿一笑，还没笑完，蓦然间留神到克林顿的反常表情，"注意，有情况！"我刚说出这五个字，还没来不及做出明确的战术部署，立功心切的克林顿已悄无声息地扑向一扇虚掩的门扉。门扉上有副年画，是秦叔宝。咣当。秦叔宝的胳膊歪向一边。克林顿脑袋中间那条纵向凹痕变粗了。

门内赫然就是那个白发老头。他在洗澡。穿着条犊鼻短裤，光脚踩在青砖上，弓着身，骨头根根突出。什么叫皮包骨？这就叫皮包骨。老头神情愕然，我们目瞪口呆。只有克林顿毫不羞怯纵身扑上。我反应快，一把抓住它的尾巴。老头突地一甩手中的毛巾，仿佛手中端着的是一挺乌兹冲锋枪，厉声喝道，"你们想干什么？"毛巾湿答答往下滴水。我的心一点点往下沉。完了，线索中断了。可恶的迷魂党从此要逍遥法外。我赔起笑容，"老爷爷，对不起，狗乱窜。我回家一定好好教育它。"

"出去，把门关上。"凶巴巴的老头把毛巾扔入水桶，抄起拖把。我朝阿鸟使眼色，阿鸟朝门外使眼色。里屋里转出那个黑瘦男子。他不是转出来的，是被里屋那盏昏暗的不足十五瓦的电灯泡甩出来的，嘴里叼着的烟头飞到他的头发上，可他浑然不顾，一把揪住克林顿的耳朵。这眼力、身法，比梅超风还技高一筹，"等等。这是你们家的狗？"

"不是我们家的，难道是你家的？"阿鸟打了一个寒噤，小声说。

黑瘦男人咯咯尖笑，"瞧瞧这耳郭的质地，多么薄，多么细腻。你们说是你们家的，那你告诉我，这是什么狗？"

我与阿鸟面面相觑。我把头朝门外伸去，小瓦呢？小瓦与白雪公主影子都不见了。他俩啥时学会隐身术？男人变戏法似的从兜里摸出一颗软糖，嘴里哼道，"这是纯种的大麦町犬。就你俩这小样，也养得起？乖，达令，吃糖。"克林顿的舌头叭嗒一下伸了出来。这只畜生太过分了，因为一颗糖，就完全丧失了革命立场！彻底忘记了莱温斯基的血海深仇。不对劲，这男人为何叫它达令，不叫它克林顿？克林顿的舌头一卷，糖落了肚，马上绕着男人碎步奔跑，还不无献媚地用舌头去舔男人的手背。我的心忽地往下一沉。我小声地说，"克林顿。"

我把舌头放平，"克林顿。"

我跺起脚，大声吼道，"克林顿。"

克林顿理都没理我，津津有味地舔着黑瘦男人的手掌心。"两个小兔崽子，敢偷人家的狗？"黑瘦男人脸上露出狰狞笑意，叉开三根手指在我们面前一晃，"晓不晓得，这狗值多少钱？你们是要被送去劳教的。"

男人话音方落，阿鸟喊了一声，拔腿就奔。我也只好跑，跑得头发竖起，跑得面如死灰。

不是我不明白，是这个世界变化太快，快得一头大象也会被一只小蚂蚁倒卖到妓院去。我心如刀割，内心虚弱、手足无力，若非前头阿鸟飘扬的衣袖，我恐怕要立刻瘫软在地。这打击实在太大。革命蓝图，才画了第一笔，现在，笔就被没收了。我终于拽住阿鸟的衣裳。"阿鸟，王八龟孙子，你跑什么？"阿鸟一屁股坐下，屁股底下的石头轰地一声响，还好，没碎。阿鸟扭头张望，结结巴巴，"劳教，吓死我了。阿粞，你是不晓得劳教有多么可怕。"阿鸟喘口气说，"比老虎还凶。我们那有个老师被劳教了。他还在上课，一伙人就冲到教室里，把铐子往他拇指上一卡，知道不？那叫拇指铐。能把大拇指铐掉。"

我愤愤地吐痰，"我们没偷狗，你明明看见了，克林顿是从天上掉下来的。你跑什么跑？"阿鸟犹心有余悸地辩解，"阿粞，把你送去劳教的人才不管你是否在搞革命。他们说劳教谁，就劳教谁。想劳教多久，就劳教多久。你知道劳教农场有多大吗？"

"还能有九百六十万平方公里大？"我冷笑起来。

阿鸟说，"那老师是练过武的，性子犟，不听话。劳改干部罚他从农场东头跑到西头，你猜怎么着，他跑了整整三年，还跑瘸了一条腿。他不服，再去上访，又被抓去劳教了。这一回，劳教干部知道他会跑，在他鞋底上涂了胶水。他跑不动，去收集农场大田旁边长出的芦苇，那种刚长出来的白色芦苇秆，编了一件羽衣，套在肩膀上。他飞啊飞，飞了整整三年，才飞到农场门口。守门人发现了，抬手一枪，把他打下来。他眼睛也就瞎了一只。

人家把他当野鸭拎到厨房。一个系围裙的女人拿了刀要把他宰了，他看清女人的面庞后吃了一惊，那是他老婆。他老婆为了求劳改干部放他出来，上门替人家做保姆了。他想明白其中的关节，拼了命地嘎嘎大叫。他都飞了三年，身子伛偻得与野鸭毫无区别，至于语言，那早就忘掉了。眼看着刀光一闪……"

我扼住了他的喉咙，怒吼，"不要跟我讲评书！"

我团团乱转，嘴里有炭，肚内有火，血管里有千千万万把烧得通红的钢锯条。

我要把这些锯条折断，放飞轮上磨利，缠上布条儿，再一把把全扎在克林顿的睾丸上。一根针尖上能站多少个天使，我就要在它的睾丸上扎上多少把小李飞刀。克林顿啊克林顿，狗的忠诚之誉就被你这样糟蹋了。茫茫环寰，多少勇猛无畏之狗因为你今夜的无耻行为而永负耻辱之名。

做人要厚道一些。做狗，也得讲一点良心啊！哪能因为一颗糖，就干出这种人神共愤的令人发指的勾当。

我咆哮着，慢慢镇定。我要承认自己还过于年轻，上了这条从资产阶级家庭培养出来的满嘴谎言的大麦町犬的当，忽视了革命工作的艰巨性。克林顿从天而落，极可能就是以为小瓦同志是一块肉，或者说，它一时喝多了酒，以为自己是只风筝。革命导师教导我们说：在哪里跌倒，从哪里爬起。作为白雪公主暴力团的实际负责人，我要严厉惩治叛徒，否则队伍真就没法带了。

"小瓦，小瓦同志。"我叫起来。小瓦从阿鸟身后探出一个脑袋，身子渐渐清晰，手臂上还挽着白雪公主，"吓死我了。那年画上的拿铜的秦叔宝直冲我瞪眼。我说给他塞点小费，他居然说我贿赂他，要拿铜把我砸成俄罗斯鱼子酱。我明明是一只蝙蝠，怎么可能被砸成鱼子酱？有勇无谋，一点逻辑也不讲。难怪替人家站了几千年的门，也没见提拔。阿粿，你吃过鱼子酱吗？最好吃的是里海出产的。颗粒饱满圆滑，色泽透明清亮。只融于口，不融于手。啊——"

我打断他的话，板起脸，"小瓦，你为何临阵脱逃？三大纪律，八项注意，全忘在脑后了吗？阿鸟，军法处置。"

"阿粿，你别鬼叫，刚才若不是小瓦救我，我早被那个姓秦的捉去当使唤丫头了。那将军真坏，还说把我养肥了，再献给皇上。哼，以为我是人肉叉烧包啊。你们两个没绅士风度的就光晓得往门里冲……"白雪公主眼泪汪汪了，"阿粿，你这样，怎么对得起我死去的爸，死去的妈？"我哑口无语。我只能承认，敌人是狡猾的，所隐藏的黑暗势力是强大的，整个稻城是居心叵测的。连一条狗都能杜撰出自己的名字叫克林顿，还有什么是在这里不可能发生的？我沉吟道，"有功必赏，有过必罚。你救了白雪公主，等会就赏你吸干克林顿——不，那条叛徒的血；至于罚嘛，念你初犯，暂且给予口头警告处分。下不为例。"

阿鸟变了脸色，"阿粿，你还回去？"

"不回去，让那条叛徒嘲笑我们吗？别忘了我们白雪公主暴力团的宗旨，匡扶正义！什么是正义，对叛徒像寒冬一样严酷，就是正义！"我挺起胸脯，"刚才我们大意了，没有计划，没有组织，没有战前总动员，未能发挥团体协作精神，内部还藏有一只狗奸，结果被敌人轻易击破。我们这次要谋定而动。阿鸟，你负责撕下年画，把秦叔宝撕成一片片；白雪公主，你负责摆性感姿势，必要情况下，可以露出大腿，务必让那个黑瘦男人的眼珠子掉下来；小瓦，你对付凶老头，绕着他转圈打八卦拳，老头容易眼花；我来教训那只狗奸，以及对付可能出现的黑裙女人等。这次行动，命名为'雷神'，注意保密。好了，各战斗小组开始行动。"我从藏在梦里第二十二号房间里摸出一本红宝书，高高举起，大声地唱，"我们的队伍向太阳，脚踏着祖国的大地，肩负着人民的期望，我们是一支不可战胜的力量！"我挺胸阔步。黑暗中窜来一道白色的闪电，来势凶猛，一眨眼已奔至指尖，突然紧急刹车。指尖发了烫。我简直不敢相信自己的眼睛。白雪公主尖叫，"克——林——顿！"来者不善，善者不来！敌人这么快就组织起反扑，并任命这只叛徒做先锋了？革命大业，任重道远。我当即大吼一声，"卧倒！"

厕所

十一

克林顿是好同志。不是狗奸。我冤枉了它，差点把它当袁崇焕宰了。这倒在地上的水，还可以掘起泥巴蒸馏回收；这割下的脑袋可是接不回去的。在克林顿磕磕碰碰又不无委屈的叙述下，我终于明白了克林顿是一条多么高素质的狗！在突发的复杂局势下，这位智勇双全的情报员，迅速做出准确判断，不怕误会，以身为饵，深入虎穴，顺利找到老头换下的衣裳，并用二百万个嗅觉细胞牢牢地记住了那件破衣裳上所有的气味。一共有三千四百零二种。其中确实有一种曼陀罗的气味。克林顿不好意思地说道，"阿眯大人，我们只要追寻这种气味，一定能找到迷魂党，取回那被诈骗掉的三万块钱。"

听完克林顿的汇报，我震撼了，情不自禁地振臂高呼，"向克林顿同志学习！"

我的声音可能有点大。雾气一样的黑暗中闪现出黑瘦男人的面容，这张脸的表情极类似于临终前的葛朗台。男人的眼珠子是绿的，手中拿着条绳子，绳子上有个活扣。东边的暗处亦有脚步声。是那个光着膀子的老头，尽管他一言不发，但我能感觉到他渴望壮烈捐躯的信心。他手中紧握拖把，如同上甘岭的战士紧握着钢枪。瓦也在响，一块块，一片片。那黑裙女人像飓风刮来，刮过长满青藓的墙垣。墙为之摇，地为之动，我们身后的破门板为之咯吱乱叫。她刚才应该是在吃饭，嘴角还有饭粒。因为下了妆，嘴唇白得与瓷碗片一样，大腿因为褪去的丝袜露出片片青淤。我们被包围了。敌人精谙《孙子兵法》，还懂得"围三阙一"的神妙。我暗暗心惊，把克林顿的尾巴悄悄攥在手中。一个克里特人说，所有的克里特人都说谎。我是否该相信克林顿？人，不可能第二次踏入同一条河流；人，也不应该犯同一样错。现在不是给克林顿做结论的时候，但要提高警惕。我喃喃祈祷，万能的主，请在我们脚下放上一块飞毯。若飞毯供应紧张，小一点亦无妨，但至少要有我两只脚丫那样大。

男人突然狂叫，"就是这条狗。别惊了它。妈的，三万块钱。许凤霞，别这么凶神恶煞，它看得懂。这狗机灵着哩。笑一下，对头，就是这样，把笑容挤大一点。"

他们不是来抓我？是来抓克林顿？

克林顿居然值三万块钱？我这样能背诵瓦格纳的《尼伯龙根指环》的天才又值多少钱？我还没想明白，阿鸟一声喊，"跑啊。"

眼瞅着绳子、拖把与十根长指甲直奔面目袭来，我心下一叹，十指扣紧，拎起作势欲逃的克林顿，抡过两圈，往身后抛去。绳子、拖把、长指甲擦着鼻尖滑过。男人、女人、老人，从我两侧冲过去。屋内传出几声激烈的尖叫与狗吠。我长叹，脚在石阶上打出节拍。星穹若梦，当头罩下。一丝一缕的清风在胸脯画出一个流转不息的太极图。太极生万物，物物有太极！正是念天地之悠悠独怆然而涕下的好时刻啊。我朝抱头鼠窜的阿鸟弹出一颗石子，冷哼，"为什么要跑？"

"不跑白不跑，跑了也白跑。"小瓦反应最快，没跑两脚，发觉阿鸟的风紧扯乎纯属多余，窜回来阴阳怪气地往阿鸟身上砸了两块小石头。白雪公主往黑屋子里瞟，"阿鸟，他们被人骗走三万块，克林顿又值三万块。克林顿是不是老天爷特意扔下来给他们的？"这话有道理！我眼前一亮，伟大的白雪公主暴力团是多么深得主的眷恋啊。这不仅是眷恋，还是考验。阿鸟一瘸一拐过来，往被男人踹开门板的黑屋子探头探脑，嘟囔道，"那也得问克林顿是否同意。又不是万恶的旧社会，好歹也得人家心甘情愿。"

小瓦讥道，"问它干什么？它不过是一条狗。狗的生命权只是狗主人的物权。所有的狗都是吃屎的。屎对于它们的意义，就像调味品对于你们人类。"小瓦念念不忘他在克林顿那所遭受的羞辱？事情不会是这样简单，历史告诉我们，小丑是不会甘于寂寞的，它们总会主动跳出来，不自觉地暴露出豺子野心，妄图颠覆我们伟大的革命，夺取最高权力。但现在还不能打草惊蛇，我嘿嘿一笑，说，"咱们的组织是讲民主的。投票吧。是否要进去拯救克林顿。少数服从多数。"

阿鸟刷地一下举起左手，"去。克林顿虽然是一条狗，但我们不能因此寒了天下英雄的心。"

小瓦看我，我看白雪公主。白雪公主举起左手，又再慢慢举起右手，想了想，把两只手举得一样高。小瓦乐了，"公主，你到底举的是左手还是右手？"白雪公主是想去救的，但屋子里无尽的黑却又是她所恐惧的。这着实为难了她。这有关勇气，也不仅仅是勇气。我们手中的选票到底是在投给谁？小瓦吹起口哨，快乐地眨眼，"阿眯，白雪公主弃权。阿鸟投赞成票，我投反对票，你作为投票观察员，不能投票。否则有悖于民主原则。要不，我们到大街上发动群众，搞一次海选，如何？只需点点鼠标，按按手机键……这将是一次伟大的草根民主的启蒙运动。同时，这还将为白雪公主暴力团带来数以万万计的短信收入。"小瓦亢奋了。

白雪公主眼里又各出现了一盏灯，尖声叫道，"海选，我喜欢！我好喜欢陈楚生。他唱歌能唱到人的心里。他的歌真是惹人想哭，穿透灵魂，无比清亮。我一个人就投了他七万四千三百九十五票。你们听过他的《原来我一直不孤单》？真是太太太太太好听了。"

难怪那月，大鼻子与丹凤眼各抱着自己的手机，流下痛苦的眼泪。我总算是恍然大悟了。阿鸟摸摸头，"陈楚生哪有李宇春帅？花生？嗯，小心被人踩成花生酱。啊，信春哥，得永生；信春哥，不挂科；信春哥，扛饥饿……"白雪公主一拳打在阿鸟鼻梁上，"放你妈的屁。"阿鸟跌进黑屋子。白雪公主没再瞅拳头，骄傲地说道，"三天不打就忘掉了我的拳头的厉害？"小瓦点头说道，"春哥纯爷们，白雪真汉子。"

小瓦与白雪公主展开搏斗，我没作声，凝视屋内。黑屋子邪门得紧。克林顿，还有那三个人进去老大一会儿，此刻竟然悄无声息。难道说，它是通往异世界的门，里面藏有可怖的魔兽，蛇怪、恶龙、三头狗、吃人的龙尾兽？我的耳朵捕捉到来自于暗处的静寂。静寂中好像有隐隐约约的啜泣声，仿佛极远，也仿佛极静。这奇异的哭音在胸腔中升腾、弥漫，并呛出了我的眼泪。我抓住阿鸟的脚脖，把他拖出门槛，很好，肩膀以上还在，并没有被什么东西啃了去。奇怪的是，阿鸟却像被施了石化魔法一样，眼珠子都不转了。我拍拍他的脸，他没反应；我抽了他两记耳光，他还是没反应。我伸手在他口鼻间一摸，手掌上多出一些湿黏黏的东西。是鼻涕。一位在垃圾场里战斗过的少年英雄会被什么东西吓成这样？我弯下腰，去系鞋带。白雪公主与小瓦停止拳击运动。白雪公主纳闷了，"阿猱，你干什么？"

"黑屋子里有鬼，他准备跑路。他可能跑不过鬼，但只要跑得赢你就行。对不，阿猱？"小瓦捏捏手指头，一脸坏笑。小瓦太坏了，连狗熊与旅客的笑话都烂熟于心，若说他不是潜入人类内部的居心叵测的坏蛋，连鬼都不信。我取下鞋带，打出一个T形十字章，郑重地挂在白雪公主胸口，"这是经过密宗六字真言加持过的护身符，可以保护你不受一切恶魔的侵害。屋内可能有脏东西。阿鸟现在这样子，想必是受了大惊骇。你在屋外照顾他。"我又在鞋帮处取出一个小手电筒，说道，"狗是人类最忠诚的朋友。白雪暴力团以匡扶正义为宗旨，怎么可以弃朋友而不顾？小瓦，作为一只蝙蝠，你可以不去。但我，是要去的。"

白雪公主赞道，"阿粿，你真勇敢。"

我冲小瓦笑笑，没有解释勇气缘何突如其来，把阿鸟那紧握的右手踢入暗处。

该死的阿鸟却忽然狂叫出声，"钱，屋里有钱。"阿鸟摊开右手，手上赫然有一张崭新的钞票，粉红色的百元大钞。

"啊，是谁制造了钞票，你在世上称霸道，有人为你卖儿女呀，有人为你点头哈腰……"小瓦一声狂吼，冲进去。他所刮起的旋风几乎要把我撕碎。我从阿鸟头顶一跃而入。阿鸟不甘示弱，野狗扑食，沿着我的鞋底平地飞窜。一张、两张、三张！满地都是钞票。我来不及纵声欢笑，一脚踢在小瓦屁股上，"这张是我的。我先看到的。"小瓦惨叫，"是我先拿到的。"小瓦的举动也太辱没吸血鬼之名。我扳开他的手指，去抓那张钞票，"你都不是人，要钞票干吗？你要做的是找到那些不义的人，去吸他们的血。妈的，还有比血更美味的吗？"小瓦不撒手，愤怒地嚷道，"你放手。阿粿，你是猪。有了钱，我还怕那些贪婪的吸血鬼猎人吗？就算是在大白天，我也可以买上一把天堂牌太阳伞款款而行。啊，我的杜松子酒，我的十克拉钻戒。"小瓦表情凶恶。我们厮打成一团。我掐他脖子，他拧我大腿。

我们滚到台阶边，同时松开手，吃惊地张大嘴。

石阶上，两扇紧闭的木门前，一个戴红帽子的女孩看着我们，瞳孔是圆的，一会儿又变成了一道细缝，像猫在夜里发光的绿眼。

一团火在她身边熊熊燃烧。火焰是钞票的形状。天哪，她竟然把钞票当柴火。这种做派比横空出世的"九零后"炫富女还可恶！我与小瓦对视一眼，不约而同扑上去，想把这些粉红色的精灵从她手底下拯救出来，"你知道你是在犯罪吗？这是钱！是钱啊！"小瓦几乎要痛哭流涕了。

小红帽咯咯笑了，"傻 X 到处有，今夜特别多。"

我停下脚步，"你这是什么意思？"

"屋里的钞票更多，你要不要进去拿呀？"小红帽露出迷死人的甜甜一笑。我悚然一惊。大鼻子在一次从深圳归来后，曾向丹凤眼哀叹江湖险恶，尽管语焉不详，却已引起我的好奇之心。我潜入他的梦里，找到一个烟雾凝成的仙女。仙女的眼睛是褐色的，定睛看去，又是五光十色的。这是传说中的姹女心法。我惊异无比，用杨柳枝沾露水驱散烟雾，在一堆拙劣的假山后面找到几行文字。文字不大好读，按照大鼻子心跳的节奏时隐时现。我读了半天，才闹明白原来是怎么一回事。大鼻子跑去深圳做外贸订单，被一个二十岁出头的女孩骗了。骗术很精明，连工商局都没办法，只能定性为经济纠纷。外贸公司在工商局注过册，各种手续全部齐备，女孩偏偏美貌如花……喝着蓝带，唱着迟来的爱，想怀抱下一代的大鼻子就这样被天上掉下来的这块大馅饼拍晕了。

越漂亮的女孩儿骗起人来越是厉害。这是殷素素给年幼无知的张无忌上的人生第一课。我在胸口画十字，拉住想往屋里冲的小瓦，"小红帽，告诉叔叔，屋里是不是有一只大灰狼呀？"

"是啊，有一只大灰狼，咕嘟一下就把你们吃掉了。"小红帽笑得更开心了，"小红帽的故事你多半听过吧，然而每个童话都不会只像你听到的那样简单。最早的《格林童话》的版本就是一本集血腥、色情、鬼怪为一体，为当时的公众所喜闻乐见的残酷读物。它不是少儿不宜，它是成人不宜。但社会不需要曾经存在的真相，只需要谎言，这样，他们还能度过一个快乐的晚上。"

这样的小红帽比爱德华兄弟所拍摄的《后现代版小红帽》里那个一身 SM 皮装且是空手道高手的小红帽更让人吃惊。我从口袋里掏出一粒德芙巧克力，低声吟唱，"小红帽，告诉我，屋里到底藏有什么？还有，那些人都到哪儿去了？叔叔把它给你。这可不是一般的糖。它叫德芙巧克力。你能听到它在你嘴里的喃喃细语。啊，那在嘴里缓缓旋转的巧克力旋涡，有着丝绸一般润泽的质感，就好像一首慢版爵士舞。"

小红帽摇摇头，"对不起，叔叔，我不做糖果送货员很多年了。尽管你说话的声音比较好听，并且它有一个非常好听的名字，但我得说，它就是一块脂肪含量超过百分之三十的巧克力，吃多了会肚子疼，还可能引起腹胀、腹泻或便秘等，尤其是女性，在经期食用过多的巧克力会加重经期烦躁和乳房疼痛。"

我瞠目结舌。还好博闻广记的小瓦挽救了我的窘境。"小红帽同志，你这样说是不对的。大量的科学研究表明，一块 44 克重的德芙黑巧克力中含有碳水化合物 27.76 克，蛋白质 1.85 克，脂肪 13.2 克，钙 14.08 毫克，磷 58.08 毫克，镁 50.6 毫克，钾

160.60 毫克，钠 4.84 毫克。它给人类的健康带来无微不至的关心，是运动和出游时理想的能量和营养补充剂，是快乐的制造者是爱人执手相握的深情。一周七天，浪漫、青春、健康、力量、关心、博爱、愉悦，我们每天都有一个喜爱巧克力的理由。啊，爱是巧克力，爱是溶化的心。有巧克力的日子就是幸福甜美的日子……"小瓦深情无限地吟道。

小红帽撅起嘴，"喂，蝙蝠脸，你是不是巧克力公司聘用的专业枪手？你看看我现在的体形！"小红帽突然像一只皮球朝我们滚过来，她的体形真的好像一只篮球。生活真是太残酷了。我跳到一边。小瓦尴尬了，目光很无辜地望向我，"广告上是这样说的。"

我怒了，"猪，别人说什么你就信？"我去牵小红帽的手，"小红帽，乖乖，别激动，改天叔叔带你去韩国。那里的美容瘦身手术世界第一，哪怕是一头猪，也能化身为仙女。"

"是仙女猪吧。"白雪公主拉着阿鸟的衣袖一瘸一拐地过来了。阿鸟双手捧着一大堆钞票，眼睛笑没掉了，边走还边回头看，生怕有钞票从怀里掉落。白雪公主愤愤地嚷道，"这是我的巧克力，阿籴，你真无耻，竟然偷我的巧克力去讨好别的女人。"没错，巧克力是白雪公主的，可是我花钱替她买的。难道借一块都不成？我没有叹气，没有与白雪公主继续这种无聊的争论，我要把有限的生命投入火红的革命事业中，我把巧克力塞回白雪公主手里，在小红帽面前蹲下身，"这位姐姐是嫉妒你长得好看呢。告诉叔叔，屋里有什么？"

"屋里有钞票。"

"还有别的东西吗？比如侏罗纪跑出来的食人暴龙，又或者是来自火星的八面怪？"

"这个我就不知道了。这位姐姐，你叫什么名字？"

"我叫白雪公主。"白雪公主用力地嚼巧克力，没好气地说道。

"我听说了一件有趣的故事，好像与你有关。"小红帽眨眨眼。

"什么故事呀？"白雪公主来了兴趣。

"一个女孩到了天堂门口。守门员问，你是处女吗？女孩说，当然。守门员去检查她的处女膜，却发现了七个微小的洞，于是就去问她叫什么名字。女孩说道，我叫白雪公主。"小红帽笑嘻嘻地去摸阿鸟的头，"姐姐，你真的去过天堂吗？"

小瓦晕掉了。阿鸟还在傻笑。白雪公主看看我，没听懂。我吐出一口清水，猛地掐住小红帽的脖子。白雪公主一怔，"喂，阿寐，你又发癫，欺负人家小姑娘！"

"这不是小姑娘，这是要架在火上烧死的女巫。可恶的女巫，穿着用恶毒念头编织的衣裳……"我没好意思详加解释，手掌用力在她吹可弹破的小脸蛋上拍打起来，真爽，若是再来一段劲爆的hiphop就更爽了。小红帽在我的手掌与地面之间弹来弹去，呱呱乱叫，"姓阿……的，放下我……你全家没屁……眼哪。"我哈哈大笑。街球讲究的是什么？讲究的是酷与炫，它释放的是内心，没有做不到，只有想不到。技术是次要的，关键就是自由与展现。运球、过人、突破——我用眼角余光在屋内找到墙壁上挂着的一个破筐子，大喝一声，暴扣灌篮，然后潇洒地甩着十根手指头。这整套动作毫无疑问可以入选 NBA 扣篮十佳球了。心底泛上一杯冰镇杨梅汤，我戟指喝道，"说不说？不说，老子就把你打成一个标准的圆！"

"哎呀。你轻点。钱全是假钞。你放了我吧。"小红帽哭了。一颗颗水珠从她脸上滚落。这水珠穿过竹筐，落在地上，并不马上洇散，是有弹性的，在石头上弹啊弹。我的眼珠子随着这些诡异的水珠上下弹动。假钞？难怪这里的气氛与那些无良的恐怖小说所大肆渲染的有得一拼。天啊，伟大的阿棸居然破获了一个假钞窝藏点。真是有心栽花花不成，无意插柳柳成荫，白雪公主暴力团之名从此要彪炳于中华民族的光辉史册。一股热血涌至喉间，入眼处，那深深浅浅的黑已化作无数鲜花与笑脸，而我将在潮水一般的掌声中走上台，向着台下亿万万公众深情地说道，"我之所以眼含泪水，是因为我爱这片土地爱得深沉。我所做的这一切，都是因为人民给予的力量。我是你们的儿子。"

我乐了。我没法不乐出声。这个小红帽说不定就是假钞制造集团的主谋，就算不是主谋，也可顺藤摸瓜找出后面的黑手，把罪犯一网打尽。我发一声喊，把小红帽塞进裤兜，朝那两扇门用力撞去。

门开了。

小红帽色

十二

　　一股呛人的刺鼻异味是一根大棒，呼的一声击中后脑勺。眼前冒出几粒星星，一颗是天狼星，一颗是室女星。大灰狼懂得使用化学武器？这是令人发指、惨绝人寰的滔天罪恶！我想后退，急速扩张的肺被这股混合着劣质烟草、汗味儿、脚臭味儿、馊菜味儿一熏，立刻长出绿色的毛。我捂住嘴用力咳嗽，只咳嗽了一下，胃就咳到喉咙口。比干无心而死。阿槑要无胃而亡了。我的眼泪下来了，身子伛偻，秽物若庐山瀑布飞流直下。白雪公主是女儿家，心细，顺手从我梦里第十七个房间掏出一本以水边芦苇为原料制成的书，"阿槑，擦嘴。"

　　这是一本记录着上古魔法与巫术的奇书。很多年前，一个叫达摩的僧人在这书中随便捡了一个词语扔在那浩浩荡荡的江面上，就给世人留下了一个叫"一苇渡江"的神话。我想叫白雪公主换一本书，剧烈抽搐的胃让我不得不飞快地撕下两张书页塞入嘴里，用力嚼烂，"观自在菩萨，行深般若婆罗蜜多时，照见五蕴皆空，度一切苦厄……啊，佛曰，色即是空，空即是色。今晚，我想空一下……"

我把这两页纸的内容于一瞬间默诵过三千二百遍，止住眼泪，大口喘息着，自裤兜里摸出一直在谩骂与诅咒的小红帽，啪的一下捏住她的鼻子，"小红帽，看样子，你是想上一堂人类酷刑史的专业课。"

小红帽尖声叫道，"我犯了什么罪？是你要进去的，又不是我用皮鞭把你抽进去的。你比那个睡在二十床垫子和二十床鸭绒上面还因为床垫下面的一颗豌豆弄得浑身难受的公主还矫情，虚伪、可恶！不就是味道大了一点，有必要这样反应强烈？拜托，现在虽然是娱乐时代，政治、宗教、教育和任何其他公共事务领域的内容，都不可避免地被娱乐的表达方式重新定义，但请好歹拿出一点专业精神来作秀吧。"我没话说了，但这并不意味着我拿她没办法。孔夫子说，做人得以直抱怨。我在怀里取出瓦罐，侧身到门口，把那股恶臭酸腐的味道满满装了一罐，不由分说地把与小瓦一般饶舌的小红帽塞了进去。

夜风若黑鸟飞落，一只只啄去这些在空气中弥漫的异味。我们打着手势，小心翼翼地往两扇虚掩的透出一丝黄色光亮的木门接近。门里有人说话，一个女人尖厉的声音，"今天你们能坐在这个会场里听我演讲，那是你们前世修来的福分！你们来听我演讲，那就意味着什么？那就意味着你们个个都会成为亿万富翁！我看见有人在笑。不要笑，这是事实。五天前我还在意大利加勒比海享受阳光与沙滩排球，你们看看我手中的钻戒，大不大……"

朝屋内探头探脑的小瓦嘟囔了一声，"加勒比海啥时移民到意大利去了？"白雪公主拧了他一下耳朵，"没看过《加勒比海盗》？杰克船长都能把船驶到世界尽头。"我摸摸鼻子，想了想，把小红帽从罐里弄出来，不过几分钟，小红帽那张像紫罗兰花瓣做的脸庞已经变得与秋天里的桦树皮差不多。我说，"小红帽，里面是不是在搞传销？"

"我们搞的是网络销售，你懂不懂？我们会犯法吗？我们会干国家明令禁止的事情吗？看你这样呆头鹅的样子，就晓得你来自刀耕火种的原始社会。原始社会好，谁都不用怕领导；原始社会好，路上没有汽车叫；原始社会好，男女光腚跑……"小红帽怒气冲冲，但当她看我准备把她重新塞回瓦罐时，态度立刻老实了，"我是看热闹的。他们搞什么，我不知道。"

"假钞从哪里来的？"

"下午有个民工交来三千块钱，准备加盟……嗯……这个与国际接轨的用最先进销售理念打造起来的网络销售体系。结果发现是假钞。我就帮助处理一下。"小红帽扮小可怜，转动绿眼睛，"叔叔，我现在什么都说了。放了我吧，我的皮肤都氧化成这样。呜呜，以后如何嫁出去？"

"没事，你去演《指环王》里的小怪物格鲁姆。说不定马上蹿红国际影坛。那时，你一定要记得替我签名。还有，我可不可以做你的经纪人？"这是小瓦贪婪的声音。小红帽急了眼，挥出拳头，"蝙蝠脸，我真想一巴掌把你踢出去，再狠狠地往你脸上吐一泡狗屎！"

阿鸟乐了，揉着肚子直喊肠子断了；白雪公主咬着手指头，在嗑牙花；我也笑，一个热乎乎的模糊念头从脚指头冷不丁窜上头发梢，在脑海里投下数朵冉冉烟花。天才真是寂寞呀。我在梦里的十九号房间找出一本《人类酷刑史》，避开白雪公主的视线，在小红帽面前摊开，"小红帽真乖，告诉叔叔，刚才冲进来的三个人是不是也在会场里？对了，还有一条白色的斑点狗。"

　　我还没把书翻上两页，小红帽的瞳仁就大得像鸡蛋，"叔叔，你以后要少看点这样的书，不利于身心健康。"

　　我没吐血，又拿出那本被撕了两页的奇书，从上面抠下几个词语，塞入她嘴里。

　　每个词语几乎是无限的，并具有特定的芳香。它们蕴含了一种在肉眼之外、在人类理解之外的"存在"，并且互相指认、质疑、辨析、观照。它们描述事物在明暗等情况下的不同形状，从中淬取出"那遁去的一"，表达出抽象的纹理。有些词语在黄沙中沉睡，于时间深处化作沉没之鱼。有些词语又在岁月的风中再次苏醒，在内省中获得新生，便如那鱼，不时跃出水面。对词语的理解是一种奇妙的化学反应，是"空山不见人，但闻人语响。"是"返景入深林，复照青苔上。"

　　唯有我们能支配的词语才赋予物以存在。能够赋予物以存在的词语是什么呢？需要词语才能存在的物是什么呢？

　　打开《圣经》，"地是空虚混沌。渊面黑暗。神的灵运行在水面上。神说，要有光，就有了光。"事物因了词语，得以存在。我们得以沐浴上帝的光。词语破碎处，无物存在。那碎裂处，是神的遗弃之地，是连荒谬也没有的荒原。我们，我们每个人，对每个词语的不同理解，都给那个超出我们想象的"存在"带来某种东西，同时也自它体内取走某种东西。这种微妙的平衡，在宏观的"天"与具体的"人"之间架起桥梁，它是万物生化的道理，是春去冬来生死交替。词语是对事物命名的过程，使世界秩序化。它作为一种暴力标签，强制性地张贴于与它没有必然联系的物上。故道家云：一生二，二生三，三生万物。而在世俗中，这种命名也是争夺话语权的过程。它必然要投下长长的阴影，挖出一个隐蔽的深渊，让我们在行走时摔入其中，胸腔里流出大团大团的血。比如，指鹿为马。再比如，什么是"正义"？对它的不同理解，是要付出血流成河的代价。词语不仅帮助我们理解宇宙，还帮助我们理解人，以及人与人的关系。社会有多么复杂，词语便有多么深刻。这种深刻时常以轻浮的姿态出现街头巷尾，好像是那抹着脂粉的美丽的青衣女子，为我们所熟视无睹。另外，它有一种不确定性，这提供了万千可能，仿佛是那极薄极淡的云，在月光下流动，于一个个不停消逝的瞬间，勾勒出种种不可思议的美丽图案。它阐释一切，又在阐释中繁衍出更多词语，并被后者继续阐释。在某个形而上的点来看，它是一个越滚越大的雪球，或许有一天，我们可以把它堆得比珠穆朗玛峰还高。

　　把眼睛闭上，默默倾听。神秘的种子在内心发芽。湿漉漉的枝丫朝着天穹张开。一股异乎寻常的温柔，宛若妇人乳房里挤出的液体，滴到唇上。世界微微发光。亲爱的小红帽啊，光阴是用来虚度的，万物都是幻影，不可确信，存在的只有你心。或许这样，我们能回到词语的尽头，看到那个最古老的，包罗万象、主宰万物的词。它既是本质，又是具象，是一切词语和物质之本，是那奔跑的豹子身上的花纹，是一片在水里漾开的指向神秘的喜悦。玫瑰花瓣在这时轻轻落下，沾满你衣，落满你手。

　　头顶的云层与我在大鼻子那见到的一样。这个世界在本质上从未有过丝毫改变。月光打湿了从小红帽嘴里不断飞出来的词语。我伸出手指，捉住这些若萤火虫一样闪着光的单词，把它们一只只扔到小红帽摊开的掌心。这些词语所构成的文本不吻合正常的统计学规律，呈现出一种非递归的循环结构。其单词的长度可以让最饶舌的相声演员也舌头打结。我微笑着，望着双目合上的小红帽。催眠师的声音必须是午后温和平静的水流，轻轻摇晃着从河流源头漂来的那个摇篮。我的动作缓慢而又坚定。我喃喃说道，"小红帽，现在告诉我，那三个人与那条可爱的狗都在哪里？"

　　"他们都在屋里听课。"小红帽耷拉着脑袋，声音缓慢下来。

　　"假钞从哪里来的？"

　　"民工交来的，还被我妈骂了一顿。我妈好厉害，再怎么样的假钞，哪怕验钞机都验不出来的，都瞒不过她那双神奇的手。"

　　"我知道，你妈在菜市场卖腌菜的。"小瓦插上一句。

"你妈才卖腌菜，你全家都卖腌菜。"小红帽脸上抹上一层梦幻般的色彩，胸脯不自觉骄傲地挺起两朵小蓓蕾，"听见没，那个正在与学员讲课的女人就是我妈。"

"你妈真的好厉害，这一会儿的工夫，又把地中海搬到美利坚合众国了。"小瓦嘿嘿乐道。

我在小瓦脚尖踩了一下，不动声色地继续问道，"你妈手上的那颗钻戒是真的吗？"

"等我妈做了营业部主任，就是真的啦。到时，我就可以去上学。"

"你知不知道你妈是在骗人？"

"你胡说。我妈没骗人！"小红帽的睫毛忽闪起来，脸庞微微扭曲。这小丫头的自主意识太强烈了？还是我的催眠术有待提高？我竖起手指，在她就要睁开的眼睛前来回缓慢摆动，"你妈没有骗人。放松，深呼吸，腹部扩张，感觉胸部正缓慢上升，想象着空气充满腹部。鼻子慢慢呼气。你已——觉得——特别——放松。你妈——什么时候——做这行的？"

"三个月前。我爸给我妈留了一张纸条，说如果连大便都值钱的话，那么穷人将失去屁眼！说要去什么童话王国搞什么艺术。我妈哭了一晚上，就说不理那个狗杂种了，她要挣好多钱，把我送到最好的贵族学校接受教育，长大后念哈佛，毕业后加盟摩根斯坦丁银行，在那工作两年，出来搞一个量子对冲基金，把世界上所有钱全抢过来。"

这孩子真有志气。我瞄了眼整日惦记着王子的白雪公主。此刻，她的眼睛呆滞无神，眼睛后面仿佛拉上了两道看不见的帘子。看样子，她也被催眠了。唉，万事皆有可能。说不定小红帽的爸就是杀死童话王国国王的暴民之一。这样的话题还是不碰为妙。我小声说道，"小红帽，我们是你的朋友。尤其是俊美非凡的阿幂，是你这辈子最值得信赖的朋友。你要对他特别、特别、特别好。等会儿，你会去屋里领出那条斑点狗，它叫克林顿，也是你的朋友。还有，刚才进屋的三个人，你会把他们劝走。他们好可怜，七天七夜没吃饭，只靠啃手指头吮吸一点咸味过日子。"

"我认得那个女人。她做小姐。很赚钱的。贫困妹，别流泪，挺胸走进夜总会；陪大款，挣小费，不给家庭添累赘；爹和妈，半生苦，老来待业很凄楚；弱女子，当自强，开发身体养爹娘……无资金，无贷款，自带设备搞生产；不占地，不建房，工作只要一张床；无噪音，无污染，紧要关头小声喊；不添女，不生男，不给国家添麻烦……"

"你从哪听来的？"我吃了一惊，顺口溜背得这样滚瓜烂熟？苗头不对啊，难怪伟人说思想政治工作要从娃娃抓起。

"到处都有人唱啦。你真老土。"小红帽突然睁开眼睛，手摸着脸颊上的一滴水珠，绿眼睛迅速眯成一条线，狐疑不定地望着我，"你对我做了什么？"

该死。下雨了？我仰头。深蓝色的天空比撒哈拉沙漠还要干燥，倒也还是有几朵云，但这几朵云与失踪的楼兰古国差不多的建筑结构。难道是因为我刚才说的"月光如水"？白痴也知道这只是一种比喻。老天会是白痴吗？我的目光被阿鸟腮边一颗发亮的东西吸引住了。他妈的，阿鸟，你哭啥子？我知道你能哭，你这一哭不打紧，却误了白雪暴力团的大事。我在心头咒骂，胸腔中打起鼓，也不清楚刚才的话语是否起了作用，"小红帽，叔叔看你累了，叫你歇歇。"

"你这样好？"小红帽疑惑不定地摸摸额头上的肿包，"刚才谁打我？"

"你不小心跌倒了，叔叔把你扶起来的。"

"你才不是我叔叔呢。你又不比我大几岁。"

我在衣襟上悄悄拭去掌心渗出的黏汗。这位足够叛逆的小屁孩开始接受我了。小屁孩读过的书真不少，都快赶得上我的千分之一。我露出笑容，"小红帽，那我做你的哥哥吧。"

"不好。哥哥都是大灰狼。咦，她怎么了？"小红帽伸手往白雪公主茫然的脸上戳。这被催眠的人若受了外来的惊吓，可真要变身成为白痴，连神也无法唤回他们在被催眠时失落的灵魂。我一脚踢在小瓦屁股上。小瓦蓬地一下展开肩膀上的双翼。小红帽怔了，"你是天使？"乘此间隙，我赶紧对白雪公主嚷道，"公主，看看这位可爱的小妹妹吧。"小瓦脸上极为难得地露出怵怵之色，"嗯，算是吧。"

"也不一定。有翅膀的不一定是天使，还可能是鸟人。"小红帽不屑地扬起尖尖下颔。小瓦懵了，整张脸迅速变形，打出一个可怕的喷嚏。小红帽大咧咧地又补充了一句，"我听说天使都是没有生殖器的，你脱下裤子让我瞅瞅，我就信。"

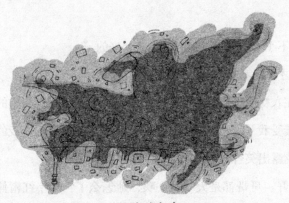

天使的船色

十三

我们回到大街上。影子躲在身后发出讥讽与嘲笑，还伸腿去勾绊我们的脚跟。

我们与影子搏斗，徒劳地把手伸入那冰凉的黑暗中，去扯开它们那看不见的腿，以至筋疲力尽。我感慨万千。有其女必有其母。有那么彪悍的小红帽，可想屋内那位口若悬河的女士会有多么变态。我们没有再贸贸然闯入那所亿万富翁培训基地。感谢主，小红帽还记得我在催眠时给她的指示，牵出克林顿。克林顿已不复半个时辰前的神勇，活像鸦片鬼，歪歪扭扭地走，歪歪扭扭地竖起前爪狂吠，"我要成功，我要为自己打工……梦想之所以伟大，是因为有人实现它；当别人还在想的时候，我们已经迈出行动的步伐。"克林顿撞了几次电线杆。我们没有嘲笑它。小瓦在石阶上坐下，目光迟钝。我理解他的悲伤，尽管我没有看过他光屁股时的样子。小红帽提出的问题，是他长了七十二张嘴也无法说清楚的，唯一的办法就是脱。但根据《刑法》有关条例，在一个幼女面前脱裤子，是要去坐牢的。

这不是悖论，悖论是"一尺之捶，日取其半，万世不竭"。

这是选择。尼奥选择成为救世主，我选择成为阿癐，小瓦选择成为性别不清的可疑生物。选择究竟由谁做出？是我们头脑里那个模糊不清的意识？意识从何处来？又或者说，做出选择的人，不是我们，是墨菲斯、丹凤眼以及小红帽，但他们又为什么要做出这样的选择？难道说，当奇点爆炸宇宙形成的那一刻，所有在这个宇宙范围内要发生的事都已经注定，且不可更改？

我回想起小瓦那个可怕的喷嚏。

当它打出的时候，一股强大的气流冲到阿鸟手中某张假钞上。一个个原子发生剧烈的碰撞，这种碰撞本该无声无息，但因为那恰到好处的排列方式，在一个微小的要花几万万光年去念小数点后面的零的概率下，其中两粒碳原子被加速到不可思议的光速，又在一个几乎不可能的概率下，它们的原子核相撞了。这本来又应该在那所亿万富翁培训基地冉冉升起一朵黑色的蘑菇云，但事实并不如物理学家提出的最新理论那样，没有十五万倍太阳中心温度的高温，也没有产生足以形成夸克胶子等离子体的能量，它们只是晃了几下，就像从悬崖边攀缘垂下的猴群在打捞月亮的影子时水面产生的一圈圈涟漪，几根震动着的弦脱离了我们这个宇宙，在一个并不存在处，形成奇点，并且产生爆炸，又形成了新的空间与时间——这个新宇宙的演化非常迅速，当我刚来得及把这张从空中缓缓飘落的假钞抓在手中时，它已有了数百亿年的历史，许多只能在《星球大战》中见到的智慧文明已经走向衰弱，而由一种甲壳虫进化而来的文明开始钻木取火，结绳记数。

它们崇拜大神阿图姆。它们确信世界就是阿图姆，万物是阿图姆与自己的影子交媾所创造的。这个创造的过程耗去了整整七日七夜。阿图姆同时具有甲壳虫、公牛、蛇、蜥蜴、甲虫、狮子、天鹅与青蛙的形状。太阳是它的左眼，月亮是它的右眼。这样不管是白天还是黑夜，阿图姆都能用一只眼睛睡觉休息，用另一只眼睛察看万物，以防有哪种生物胆敢违背自己的意愿。

阿图姆知道，这个假钞里的宇宙是在一个喷嚏中产生的。

阿图姆知道，这个喷嚏的主人是一个吸血鬼。

阿图姆知道，自己是这个吸血鬼在某一瞬间意志的绝对化身。这个意志很简单，用两个字即可表达：我日。

"我日"是什么？阿图姆不知道。这太复杂了。所以，阿图姆绝对不去考虑自己为什么不知道以及这两个字究竟意味着什么。阿图姆只知道，他所要做的，就是让这些甲壳虫最后说一声"我日"，以及"我这样做，是因为我必须这样做。"

这是使命，这是荣耀，这是宇宙最后的真相。

阿图姆，永远都不知道，产生它那个宇宙的时空已经流行"我太阳了"。我撸出一把鼻涕。影子从脚下飞起来，晃晃悠悠飞到半空中，依稀便是一只天狗的模样。它想把月亮吃了吗？我抓住它的脖子，把它扔回脚下，并吐出一口唾沫黏牢它与我后脚跟的关系，起身一脚踢在正在用假钞折纸船泪眼婆娑的阿鸟臀上，振臂呼道,"起来,白雪公主暴力团的战士们。我们已经成功地完成了营救克林顿的任务,继续我们的征程吧。今夜是属于我们的!"我向前迈开大步。现在不是伤感的时候。革命志士要摆脱一切布尔乔亚式情调,失落、麻木、困惑这样的词语是要从词典里所摒弃的。我们或许拯救不了全世界所有被大浪抛到沙滩的鱼,至少可以把自己所看见的那只不幸的鱼扔回海洋。

"克林顿先生,请回答我的问题。我不管你在那半个时辰里经受了什么样惊心动魄的培训,我只问你,你是否还记得曼陀罗的气味?"我揪住克林顿的尾巴。我相信自己能毫不费力地把它的影子从它的尾巴根部撕下,蜷成一团,塞入它的嘴里。

失去了影子的狗,身上的皮毛将像苔藓一样逐块剥落,血肉脱去,最后只剩下一副骨架。我把嘴附在克林顿的尖耳朵边小声说道。克林顿浑身一竦,看着我的目光就有了恐惧。狗比人类更具有神奇的直觉,用了零点几秒,它确信我并不是在说谎,立刻从亿万富翁的美梦中清醒过来,"尊敬的无所不能的阿羿先生,是你把我从迷海中拯救出来,你是我心中的明灯,你是我的太阳,你照亮了我生命里的每一个角落。你指引我前进的方向,没有你我就要永生沦入地狱受尽折磨。你脚踏大地,头顶青天;你仰望明月,追赶太阳。我对你的敬仰之情,有如滔滔江水连绵不绝,又如黄河泛滥一发不可收拾。我要倾热血为江,跟着你流淌;我要不畏艰难,不畏险阻,为你踩平前方所有的荆棘泥泞……"

我打断它的谀词,喝道,"你把曼陀罗的气味忘掉了?"

"没。"克林顿一趔趄，差点摔进马路上的窨井，幸亏身手敏捷，前爪落下去的瞬间，团身滚在一边，下巴还是在井沿上磕出血，怒了，"谁偷走了我的奶酪……噢，不对，哪个王八蛋偷走了井盖？"

"别转移话题，盗窃窨井盖构不上犯罪。你到底还记不记得曼陀罗的气味？"

"至情至性的阿羿先生，这种行为是构不成犯罪，但可能会引发重大的集体和个人财产损失和人身伤亡。根据当事人的具体犯罪情节和盗窃行为所造成的后果轻重程度不同，可以盗窃罪、破坏道路交通设施罪、以危险方法危害公共安全罪等，依法追究当事人的法律责任。这倒是次要，关键是，窨井盖失窃却长期得不到维护，这说明了什么？政府部门岂能如此不作为？我们纳税人……"克林顿的眼珠子都红了。

小瓦乐了，"你是纳税人吗？"

"我怎么就不是纳税人？你懂不懂税法？别说一条狗，就连狗粪上附着的一团蛆虫那也得成为光荣的纳税人。瞅你这个傻样，就晓得你没读过《资本论》。劳动创造价值。一份狗粮十块钱。每天，我要吃三份狗粮，为此我就得在那个臭女人或这个臭女人的朋友面前，表演瑜伽或蹦极三次，每次十分钟。"

我扼住克林顿的喉咙，"我的耐心是有限的。我最后说一次。你，还，记得，曼陀罗的气味吗？"

"我——我——"，克林顿舔舌头、甩耳朵，支吾半天，沮丧地垂下头，嘴角淌下浑浊的哈喇子，"我，不记得了。但——这不怨我。阿槑大人明鉴。小民冤枉。那屋子里的气味是一群淘气捣蛋的小怪物，把我的嗅觉记忆破坏掉了。”

“你是说，是我把你扔到那屋子里的，这责任该由我来负是吗？”我从目光里劈出两把利刃。

一只铁鸟在空中发出大笑。轰鸣之声由远而近。

我惊异地发现，经过那半个小时的洗脑，克林顿以鼻子为中线的两片狗脸竟然都在左边了，鼻孔里还长出两枝狗尾巴草。完蛋了，就算我们赶回老头住处，找到那几件破衣裳，克林顿也难重新辨识那三千四百零二种气味。我回头望了眼身后那些迷宫一样的房子，心底生出一丝侥幸，“我们再去那户门口有秦叔宝站岗的人家重来一次？”

克林顿迟疑片刻，声音低哑，“好的。可是，伟大的阿槑先生，你还记得路吗？我想不起来了。”

关于如何处置克林顿，小瓦与白雪公主发生激烈的争论。一条已经失去使用价值的狗，是否还有保存之必要？为了维护组织纪律，严肃团规，保证白雪公主暴力团的纯洁性，又是否要将它就地正法？被绑在电线杆上的克林顿眼泪汪汪。它还并不清楚党内斗争的残酷性。残酷是必要的，政治斗争属性远比军事行为属性来得更为严峻。党内的政治斗争更关系到组织未来发展的方向，甚至是生死存亡。白雪公主是鸽派，奉行人道主义。小瓦是鹰派，捍卫铁血政策。阿鸟是骑墙派，一方面，他打量克林顿时的眼神就像打量一大砣烧得喷喷香的狗肉；另一方面，他也被白雪公主的"狗也是有生存权"之类的言论而打动。

我沉吟不语，感受到作为一个决策者所要承受的压力。一个组织若没有一点慈悲心肠，那就是法西斯。法西斯能猖獗多久？历史说，它们从来就是兔子的尾巴。而一个组织若没有铁与血，只能是一盘散沙，又谈何壮大？

组织利益高于一切吗？换个词：民族利益、国家利益高于一切吗？

"那个叫齐那坎的，被异族人打得遍体鳞伤囚禁在阴湿地穴里的祭司，在一头美洲豹毛皮的启发下，掌握了神的力量。他只要大声念出口诀就无所不能。但这个见过宇宙、见过宇宙鲜明意图的人，终于明白了'一个人的命运以及一个人的国家毫无意义'，所以他躺在暗地里，等待时间将他忘记。而不是念出口诀，让黑夜进入白天，让众神为他祈祷。"

我怔怔地望着头顶的云层。现在，它们像在高空中飘扬一面旗帜。

旗帜中央有一个老人的面庞。那面庞皎洁，照亮昏暗天地以及天地间的万物，让我的呼吸变得急促窘迫。这个叫博尔赫斯的老人，诺贝尔文学奖因未能及时颁发给他而遭到普遍的质疑。他的文笔像数字一样简洁，所使用的词语总是不多不少，恰到好处。他把现实与梦合二为一，创造出一个由无限数目的六角形艺术馆所组成的图书馆。这个神秘的图书馆容纳了一切事物，比如隐藏在归墟深处的种种神话，与在极北荒原上存在了千年之久的一片灰苔藓。他从未想走出球状馆门，但他随手画下的线条却正好构成世界的肖像。为此，神不得不刺瞎他的双目，以免他在不经意间泄露出神在这个宇宙中的栖身之所。他是不可以学习的。又或者说，他是人类的先知。

先知们揭示未来，却无力改变未来。他们最后无一不放弃了对未来的预言，沉湎于往事之中。在大鼻子囚禁我的那个小屋子里，借助于一面月光凝成的镜子，我亲眼目睹过这位瞽眼老者的一个不被世人所知晓的秘密。在一九八六年六月的一个黄昏，他踱出一间湖畔木屋，褪下衣裳，放在茵茵绿草上，再钻入湖水中，像一只背鳍发黑的大鱼，潜入湖水的最深处，在污泥中找到一本书。这本书记载着人类所有往事，书页没有具体的形状，在这一刻是风，下一时刻化而为雨，紧接着又变成了一小块芭蕉叶。很难弄清它的材质，它们随着四季更替变换颜色与属性。书的封面上有一行凸起的楔形文字：**刺瞎你的眼睛。**

这有点荒谬，但可以理解，或许刺瞎了眼睛，人们才能回到内心，仰观神圣。幸好这对于老人来说并不是问题。他翻开书页，跳进去。为了让这本书更趋于人类所能理解的完美，他试图剔除人类史上所有令人不快的事件，把昨天改成这样，把前天改成那样。他不断剪裁缝纫，但那些多出来的词语并不肯服从他的意愿而自行湮没，在他不注意的时候，总爱一头扎进他绞尽心力刚刚改妥的文本里，使某个平滑的句子突凸，又或者让一句话的意思干脆颠倒。这让他的修改往往前后矛盾。他穿梭忙碌，尽管动作接近于光速（他此刻的样子看起来很像是一尊金光闪闪的千臂菩萨），但他还是没有办法同时修改完全书，很快，他满头大汗，皱纹像雨一样淅淅沥沥地落在他的脸上，越来越多，最后几乎要把他彻底淹没。在这个绝望的时刻，他突然发现这本书籍并未因为他的增删多出一字，也未减少一字。他沉默下来，叹息着离去，在湖面恋恋不舍地走过几圈，身子往高空中飘去，在云端，他停下来，点燃一根烟斗，吸了几口，脸庞就与那青色的烟雾一同消散于月光里。

我曾经向这位值得尊敬的图书馆馆长提出过一个问题，"一个图书馆编纂了一本书名词典，它列出这个图书馆里所有不列出自己书名的书。那么它列不列出自己的书名？"他没有嘲笑我的幼稚与无知，慢慢说道，"任何公设系统都不是完备的，其中必然存在着既不能被肯定也不能被否定的命题。例如，欧氏几何中的'平行线公理'，对它的否定产生了几种非欧几何；罗素悖论也表明集合论公理体系不完备。"我没听懂，但听出了他的诚恳。还有什么比诚恳更重要？一个真正的智者，还能用这种态度承认无知，的确让人高山弥之。

大海成汪洋之势却以其低而纳百川，天空展无垠之域然以其高而容日月。

愿老人家在天堂安息。

小瓦与白雪公主还没有争论出结果。他们的声音攫取着空气中的雾气，在各自头顶幻化出种种猛禽恶兽之形。我摸出一枚硬

币，向天祷告三次，高高抛起，宣布，"正面向上，杀；反面朝上，不杀。"硬币飘浮在空中，在经过长达半分钟的思考后，当啷落地。不是正面朝上，也不是反面朝上，它在停止滚动后，居然立在地上。小瓦眼珠子骨碌转动，"我们平常玩抛硬币，只考虑硬币的正反两面，不考虑其'立起来'的可能，即忽略了其厚度。多厚的硬币才能使得其立起来的概率与正或反面朝上的概率一样？"这个问题令人喜笑颜开，白雪公主接嘴说道，"跟你的脸皮一样厚就行了。"阿鸟乐道，"与他那根无耻的舌头一样厚肯定就行了。"小瓦反唇相讥，"你懂什么叫概率吗？"阿鸟说，"我还晓得明天下雨的概率有百分之三十呢。"

　　阿鸟与我相处短短几个时辰，就学会了什么叫概率，真是勤于学习的好孩子。我朝克林顿吹起口哨，不要悲伤，不要痛苦，自古人生多别离，世间没有不散的宴席，莱温斯基的仇不要着急于一时，白雪公主暴力团取得革命胜利的果实后，会去找那个叫希拉里的女人算账。我拍拍阿鸟的肩膀，"概率就是大母鸡变公鸡。这种魔术戏法动摇不了我们革命的意志。我们干革命工作，一定

赌色

要能长能短，能粗能细，能伸能屈，能软能硬。简而言之，要服从大局。出发，同志们。我们的队伍向太阳，脚踏着祖国的大地，背负着民族的期望，我们是一支不可战胜的力量。"

十四

"在克林顿这条线索断掉的情况下，要找到迷魂党，就要加强宣传工作，广造声势，充分发动广大人民群众，打一场人民战争。"这是小瓦铿锵有力的声音。白雪公主对此不屑一顾，"蝙蝠脑袋就是脑容量小。连有困难找警察都不知道。"阿鸟认为，"我们也去扮迷魂党，他们会以为我们是同行来抢地盘的，自然会跳出来。"

我没有批评他们的天真，尤其是小瓦。人民战争是那样好打的吗？那得成立专门的领导小组，根据上面有关文件精神，周密部署，精心组织，拟订工作方案，在明确各部门的职责后，措施到位，并建立健全严格的奖惩制度，这场战争才能打起来，打出效果。这中间所耗费的人力、物力、财力根本不是目前的白雪公主暴力团所能承担。

白雪公主是女孩子，在童话王国里长大，还不了解现实生活，不清楚当下稻城警力捉襟见肘的情况有多严重——连治安大队队长老婆的三姨家的下水道堵漏，他们都没抽出人员去及时解决。而治安大队的副队长由于长期超负荷、超时限工作，不幸积劳成疾，于近日牺牲于某洗浴中心温泉大池里。《稻城早报》在报道副队长的追悼会后，沉重指出，一次常规体检显示，稻城百分之九十以上的干警患有肩周炎、糖尿病、风湿病、骨质增生类等疾病，百分之百的同志处于亚健康或不健康状态。为了维护稻城人民生命与财产安全，他们经常失眠、头晕耳鸣、腰膝酸软、神经衰弱、情绪激动。《稻城早报》向全市人民呼吁，每个守法市民捐出一块钱，用来购买深圳太太药业有限公司出品的"静心"口服液，"向警察献一份爱心，稻城多一份宁静"。这是多么感人的一副警民鱼水图。我们又怎么忍心因为被迷魂党骗走的区区三万块钱去打扰他们来之不易的睡眠？

至于阿鸟的提议，更不具有实际可操作性。若真有这种好运气，我们还不如去买体彩好了。

当然，他们的意见里也不乏闪光点。小瓦阐释了人民的重要性；白雪公主指出了警察的必要性；阿鸟说出了万物的可能性。我沉吟不语，这不能再抛硬币，也不能搞什么锤子、剪刀、布。它们都太下里巴人，不具有北斗七星高的神秘性。

当断不断，反受其乱，是该拿出它的时候了。我自怀里摸出一件黑色器物，双手捧于胸口，祷念出声，"冥冥深处的万世神祇，我颂念你亘古之不为世人所知之小名，李狗剩·女口果·人尔看日月白这段言舌·那言兑日月人尔白勺目艮目青·有严重白勺散光……"

器物与瞎子算命时用的星盘差不多的样子，内部迸出一点清光。光扩展得极为迅速，一眨眼，放出百千万亿的毫光，把貌不惊人的星盘通体包裹。定睛再看去，这光分明就是二十六个英文字母、十个阿拉伯数字，与无数汉字。色泽瑰丽多彩，晶莹光润。以深浅不同的白色最多，盘中央的那块白宛若活物。也多绿色、黄褐、棕褐、淡灰、明黄、大红、墨黑与深紫。它们并非只流向某处，似乎四面八方都是它们要去的方向。它们也并非是在盘表面做匀速运动，时快时慢，光线的明暗也变幻莫测。字母、数字与象形字也还是可以转化的，明明看到一个"B"流过去，等到再流回来，已是一个"叠"字，想目送这个"叠"字要流向何处，它又在眼皮底下变成一个"2"。不管这些字母、数字与汉字流速如何，它们始终没有发生一下碰撞，这完全不吻合科学的道理。而且，每当它们流过十匝，星盘的上空便出现一些图案，比如憎恶、光屁股玩玻璃珠游戏的孩子、牛犊、搭乘地铁面无表情的人们、肥臀妇人，以及四季的变幻、月亮的盈冲，江水的消长等等。

　　耳边传来扑通摔倒声。不用看，准是阿鸟。穷乡僻壤长大的孩子没见过世面。小瓦惊疑不定，"这是传说中可以断生死、算轮回、定气数，实有逆转乾坤之力的乾坤轮回盘？"

　　"你丫是网络小说看多了。"我呸了他一口，纠正道，"伏羲作八卦，文王演三百八十四爻。中国的传统文化何等博大精深。小蝙蝠。这就是《易》的最新版。易者，象也。象也者，像也。爻也者，效天下之动也。注意到没？这些字母、数字、汉字都有一个共同的特征，皆由长短不一的阴爻'--'与阳爻'—'构成，就像二进制算术中的0和1。它不仅可以处理一切信息，更可用来计算宇宙万物的运行规律。"

小瓦皱眉，"伏羲氏的先天八卦怎么变成这样？天、地、雷、风、水、火、山、泽都跑哪去了？"

"要不要我拿柄高倍放大镜给您。"我嘿嘿笑，"蝙蝠眼终究是蝙蝠眼。您老仔细瞅瞅，哪个字符串里没有这八种自然现象？斗转星移，阴阳变化，这些现象不仅存在于万物之间，也存在于它们体内。要不，咋用它推演未来？内因、外因，一个都不能少。"

白雪公主啧啧称奇，朝小瓦剜去一眼，"猪。"

小瓦说，"这玩意能找到迷魂党？"

"不敢保证，所以刚才没有拿出来。它还在测试阶段。更重要的是，有些它计算出来的结果，我们可能还没有足够的智慧阅读它。"

"你从哪弄来的？"

"这你管不着。"

"看它的样子，像出土文物。注意到它的造型吗？星盘外缘一面饰蝉纹，另一面饰夔纹、蝉纹、目雷纹和三角形纹，花纹瑰丽谐调。纹理中间夹杂着的人像、兽畜、禽鸟的刻画极为细腻，禽鸟多作站立状，兽、畜、鸟的主纹大部采用双线勾彻手法。这很可能是早期殷墟玉器。"

"小瓦，你说我挖了别人家的祖坟？"

"我不是这个意思。"

"你他妈的就是这个意思。等等，你刚才说它是什么时候的玉器？"

"早期殷墟玉器。"

"那值多少钱？"

"无价之宝。若非要以金钱衡量，以目前国内收藏品市场价格来说，恐怕在千万之上。当然，我说的是人民币，不是美元。"

好不容易爬起来的阿鸟又扑通摔倒了。

白雪公主看看我，看看脸庞渐渐狰狞的小瓦，情不自禁倒退几步，眼神惊恐。我抓住星盘左端。小瓦抓着星盘右边。我们都不再说话，呼哧哧直喘粗气。月底下看得清楚，小瓦的手正在发生可怖的变化，手背上生出茸毛，十指变尖，抠入星盘的纹理深处。天地间似乎只剩下这只贪婪的手。几只被星盘散发出的蒙蒙光华所吸引的秋蚊子还没有飞近，就被寒意折断了翅膀。我一点点松开手，"你就是为了它来的？"

"是的。我在神话娱乐城里就嗅到了你怀里所藏宝物的味道。别忘了我是一只吸血蝙蝠。"

"你有资格做奥斯卡影帝。"

小瓦收起星盘，没再说话，变戏法似的从衣袖里甩出大烟袋与美人扇，吸了口烟，嘎嘎一笑，说了声"谢谢恭维"，也没再看白雪公主与阿鸟，呼哨一声，顿时化成一片乌云消逝于夜穹深处。他飞得真快，若不是我把他的影子紧紧地踩在脚底下，还真会以为这只是一个梦。我蹲下身，把影子卷起放进玻璃罐内，伸了一个懒腰。

白雪公主终于嚷出声，急得跺脚，"你就让他这样走了？"

"天要下雨，娘要嫁人，由他去吧。"

"那是值上千万的宝物，你就让他抢了去？它可以变成多少个三万块钱？！"

"与他打一架，然后被他吸成干尸？"

"阿槑，你太懦弱了，你不是男人！"

"别着急。它不是宝物，不过是测验人心的一件仪器。兽心也能测。"我哈哈笑出声，"这是我根据《易经》原理发明的仪器。只有我才懂得它的使用方法。"我仰望小瓦消失的方向，眼里没来由地溢出一点泪光，心中一阵揪痛。我没说星盘其实不是我发明的，是童话国王送给我的第二件礼物，至于能派什么用场，我也在摸索中。

阿鸟挠头，"不对。他既然知道你身上有宝物，为啥不早动手抢？"

"他不抢，是因为投鼠忌器。他太多疑了。"我喟然叹息。

"我咽不下这口气。小瓦太坏了，比阿鸟老家那什么刮地皮的林大皮还坏。"白雪公主跺脚。"暴露得早，这是好事。若在我们与敌人展开殊死搏斗时，他再来这一手，才真的叫糟糕。"我安慰白雪公主，"你若真想出气，拿玻璃罐去，往他的影子上浇沸油，或者干脆拿小刀把他的影子划成十几截，保证他会疼得死去活来。当我阿槑真是笨蛋？早看出他不对劲了。"

"这有用吗？"阿鸟小声问道。

白雪公主踢了他一脚，"笨鸟，影子是我们最亲密的朋友。谁背弃了它，就要遭到惩罚。怎么会没有用？"白雪公主抓过玻璃罐，揭开盖子，动作之快让我的话只来得及吐到唇边。一道黑影自罐内疾速飘出，我大喝一声不好，纵身扑去，地上多出一个巴掌印，影子滑过掌心，瞬间消失在这个茫茫黑夜。白雪公主一脸愕然，结结巴巴，"我……我不晓得……它跑得……跑得好快哦。"我用手臂支撑着身体，咽下喉头涌出的一口血，努力让脸上保持笑容，"没事。跑得了和尚跑不了庙，咱们这叫放长线钓大鱼。我们白雪公主暴力团要把这些吸血鬼一网打尽，为稻城创造一个和谐安定的环境作出自己的贡献。"

黑暗中响起掌声。掌声，这种奇异的物质可以使"一只脚的鸭子变成两只脚"，但在某些时候，它确实就是一只鸭子，噢，是五百只鸭子。我坐起身，黑暗如同不断后退的潮水，在星辰皎洁的光线下，小红帽出现了，蹦蹦跳跳。"阿槑，你真是好男人耶。我要向全世界宣布嫁给你！"

"你还太小，等再长大一点再说。"我叹气，忽略了她有点不一样的身材。

"不行，万一被别的女人抢走咋办？"小红帽朝愠怒的白雪公主扮鬼脸，"我们签一个合同吧，类似期货合同的那种。还有，白雪公主暴力团这名字太难听了。叫小红帽团。多有亲和力。小红帽啊小红帽，为什么你的眼睛那么大。因为……因为这样才能注视你全部的爱！"

"你来这里干吗？"

"跟着你混呀。伟大的无所不能的至情至性的阿槑，你把我从迷海中拯救出来，你是我心中的明灯，你是我的太阳，你照亮了我生命里的每一个角落……"

"你再敢往下吐一个字，我掐断你的脖子。"

"不说就不说，凶啥子凶？哎，克林顿，过来。"小红帽笑眯眯向暗处招手。暗处出现一条怯生生的狗，是克林顿，鼻孔里的狗尾巴草不见了，很可惜，脸还是一边的。我说，"小红帽，你跑出来，不怕你妈骂吗？"

小红帽撇嘴，"我若回去，会被我妈打死。"

克林顿说话了，带着浓重的鼻音，"小红帽一直跟在我们身后。什么都听见了。你们走后，还是她把我从电线杆上解下来的。小红帽还偷了她妈的三万块钱，送给那个黑裙女人……"我与白雪公主、阿鸟交换了一下眼神，面面相觑。阿鸟小声说道，"小红帽，你妈会哭死的。"

小红帽咯咯乐了，"我妈才不会呢。她比一头公牛还强悍，三万块钱只是毛毛雨啦。"

怎么办？怎么办？

怎么办？

我茫然起身，四十年来家国，三千里地山河，一时间壮志宏图尽付尘埃。我费了九牛二虎之力没办成的事，一个小姑娘不费吹灰之力就搞定了。我还能干什么？我还可以干什么？我他妈的不是天才吗，为什么一句话都说不出来了？嘴巴里有石头，肺里有铅，胃里有生锈的铁。长夜漫漫。我艰难地拖动身子，没有问他们想往哪里去，只是机械地跟随。

小红帽兴高采烈地走在队伍前方，放声歌唱：

斜眼看天高，苍穹真的很小。

世事烦嚣，看离离原上草，问声野火要怎么焚烧？

名利真无聊，忍心看遍了，心早已成木槁。

红颜易老，可怜青春年少，谁的一生没有岔道？

风在跑，云在跳，还有什么不可笑，笑得跌倒。

花儿娇，日子妙，会有什么忘不了，忘了真好。

鸟儿吵，春意闹，红杏墙头把手摇，风光妖娆。

歌声飘，云来抱，快活更像一只鸟，人间逍遥。

这小红帽之歌挺押韵的。但我高兴不起来，搞不好，我就要以拐骗幼女之罪入狱三年，最起码是一个教唆未成年少女离家出走的无良牲口的嘴脸。我也不敢愣用绳子绑了小红帽，把她递解回家。当小红帽得意地撸起袖子，骄傲地伸出两条布满青紫淤痕的胳膊，宣布她妈经常处于歇斯底里的状态，有一次还声称要把她拿去喂大灰狼时，白雪公主就泪流满脸，咒骂着那个心智失常的女人，把自己视作小红帽当仁不二的保护人。我已经威信扫地，我已经没有面目再见世人，我走在队伍的最后面，看着自己的泪珠一颗颗悄无声息往下掉。每滴泪都会唤醒蛰伏在泥土深处的黑暗精灵，它们欢呼雀跃，以我为靶，用最擅长的魔法射出拔去箭镞的木箭。这种有着黑色或深紫色的皮肤和银白色的头发，以黑寡妇蜘蛛为图腾的生物，马上要迎来四年一度的议会选举。而我，很不幸，成为它们的试练品，除非黑夜逝去，又或者说，当一只强有力的木箭能贯穿我心房，这些密如雨点呼啸而来的肉眼难以察觉的箭矢才会停止发射。我捂住胸口，跌跌撞撞，总算对屋漏偏逢连夜雨这句俗话有了一点切身感受。

夜深终于闻秋雨，雕阑泪痕沾飞絮，更有梧桐漏几缕。

凋零哪堪风吹去，红尘原是难久居，人生总也太少欢聚。

悲情正苦多犹豫，伤心难免会蠢愚，生死爱恨实无趣。

美人通体白如玉，不知可否能解语？应笑心有这多的欲。

我的路早就崎岖，风雨满路没有一丝碧绿；黯然走正是苦旅，不知世上谁能一路相与。

人生短短谁无虑啊我只斜眼觑，长江大河水哪只慕那游鱼。

早把功名弃啊心会如春煦，浊酒一杯更无所需。

我小声哼。当队伍拐过一幢具有强烈的巴洛克装饰风格的建筑物时，一束强光当头罩下，围绕着我的黑暗精灵惨叫一声，瞬间化作几缕白烟。朝向街道的雕花窗口轰然洞开，一个结实而矮小的男人凭空跳落，地面出现两个凹坑。男人穿绿色紧身衣，蹬黑色铁皮鞋，满头绿发，目光凶狠，手中摇晃着一个巨大的手电筒，"刚才谁在唱歌？"

小红帽第一个把手指向了我。

克林顿第二个把爪子举向了我。

白雪公主是第三个。

阿鸟是第四个。

在绿衣男人鹰隼般目光的逼视下，我的手指不听话了，慢慢朝向自己鼻尖。我真想——真想把这根该死的手指头咬掉。是什么阻挠了我把它朝向别人的勇气？来吧，恶魔，邪恶凶残的恶魔，天大地大不如社会和谐发展事大，为了国家，为了民族，为了人类，为了宇宙，我阿眯要做大地藏王菩萨，"我不入地狱，谁入地狱"？总得有人舍身取仁，总得有人牺牲自己，革命的花朵要在阿眯的血泊里怒放了。我虎目含泪，扯开衣襟，心底发出呐喊。

小男人色

十五

　　绿衣男人手中的电筒掉在地上，一股白光斜斜向上，直冲斗牛。

　　"愿焚我血肉，得明珠一颗，光照寰宇。"我用指甲抠去后脖颈上的污垢，尽量伸长脖子。砍头是有难度的，得让恶魔一刀下去砍在脊椎骨空隙处，要不一下没砍断，只砍了半死，场面就尴尬了。恶魔不一定用刀，或许喜欢直接用嘴咬，把脖子伸长一点，就容易死得快一点，痛苦相应减少。中央电视台一套有一栏节目，《动物世界》，离群的野牛被狮子逮到后，通常是这样做的。我的脸露伽叶拈花的笑容，在这一瞬间又想起南瞻部洲某国摩诃萨青王子舍身饲虎之事，心里不禁生出大欢喜。九天十地诸方神佛，请降下香水雨与玫瑰花瓣为我喝彩，接我上兜率天。此天天众寿量四千岁。其一昼夜相当于人间四百年。天众行欲时，男女执手即成阴阳。我嘴唇翕合。绿衣男人惊疑不定，"你是阉人歌手？"

　　大脑主控室的搜索电波迅速罩住我在梦中所有的藏书屋，一共九千九百九十九间，比故宫里的房子差半间。不愧是阿赖的大脑，用时比百度更短，零点零零零一秒后，我找到三万四千二百一十三张与"阉人歌手"相关的书页。可怜的法拉内利，死了之后，还得被一群所谓的历史学家与科学家掘开坟墓，挖出尸骨，原因是"试图通过研究骸骨，破解这位被证实有能力在一口气之内在一个音符上保持超过一分钟或者唱出二百五十个音符被观众誉为'天上有一个上帝，地上有一个法拉内利！'的意大利著名男性女高音歌唱家的纯净、美妙、比天籁之音更神奇的嗓音的秘密"——这段冗长的文字读得我眼球子都转不回来了，要咒作者在我的眼球上打滚。

眼球朝上滚了三滚，再朝下滚了三滚，瞳仁里的光聚焦在阉人两字处。阉人，刑余之人，被小刀匠用江湖兵器榜排行第一的落鸟刀割掉小鸡鸡的身子臃肿脊背弯曲喉咙里好似长了瘿结鼻子里如同猪牛一样呼呼作响长着男人的颊骨却不是男人没有胡须却不是女人的被称为太监、中宦、宦官、宦者、内侍、内宦、中涓、内竖、中贵人等出没于古埃及、古希腊、罗马帝国、土耳其、朝鲜，乃至整个亚洲——我要咒作者的全家都在我眼球上打滚！我还咒这个头上没有犄角的恶魔全家死光光！

我悲愤地仰起脸，西伯拘而演《周易》；仲尼厄而作《春秋》；屈原放逐，乃赋《离骚》；左丘失明，厥有《国语》；孙子膑脚，《兵法》修列；太史公被阉，世传史家之绝唱；阿糅受辱，要作天地之怒……"把战神打得丢盔卸甲的雅典娜请赐予我力量，"我跳起身，手指头戳向绿衣男人的鼻孔，"你才是阉人歌手，你爸是阉人歌手，你爷爷是阉人歌手，你曾爷爷还是阉人歌手！啊，是你们家祖宗十八代天籁般的嗓音让群星灿烂。"

"公鸭嗓？妈的，你们胆敢戏弄本大爷？你们也不打听打听本大爷是谁？"绿衣男人怒吼，"本大爷乃是华夏古国赵氏王朝真宗帝第八十七代孙的表弟，稻城市市长首席秘书的小舅子，天地娱乐集团董事长史莱克是也。你们给我擦亮眼珠子听着，我要找那个唱斜眼看天高的家伙！"

白雪公主看我，"阿粿，把眼睛擦亮与听力有关系吗？"

"猪头，视力好，你会不自觉地看着发声源，在听的同时，借助于唇形理解别人的话。怎么会没有关系？"我没好气地嚷着，一把揪住妄想逃窜的小红帽，"稻城市市长首席秘书的小舅子，您好，请允许白雪公主暴力团执行主席向您致以崇高的敬意。我们的友谊就像那万古松柏常青。刚才就是这位未成年少女在歌唱什么苍穹真的很小。苍穹小吗？这种连一点常识都不讲的言论完全是妖言惑众。尊敬的史莱克先生，我建议把她抓去送少管所。你若想把这种满嘴谎言的雌性生物关铁笼子里，向世人展出，我也不反对。我得提醒你，当笼子打好的那天，一定记得往匙眼里灌铜水，记得把钥匙沉入马里亚纳海沟。还有，笼子的铁条直径不得少于十公分，间隙不得大于七公分，钢材请务必使用德国进口的耐磨钢板。"我滔滔不绝，那颗失落的心随着嘴里喷出的话语重回胸腔，并迅速胀大。一点挫折算什么，一点打击算什么？革命是艰难的，斗争是复杂的，看看身边这茫茫黑夜所隐藏的恶势力，再想想地球上那些生活在水深火热中的劳动人民，我为自己几分钟前的沮丧万分羞愧，把胳膊高高举起。

小红帽在我胳膊上荡起秋千，“阿槑，没良心的，人家一心一意想嫁你，你却这样出卖我。痴情女，负心郎。我哭。我哭死了。”

我不屑一顾，“你有本事张嘴咬我呀。”小红帽柳眉倒竖，一口咬下。英明神武的我及时在她嘴里塞入一个橡皮圈，悬空拎着，踱到满面横肉的史莱克面前，“给。上等美少女。按斤论价，一斤一百块。要美元。只有美元才衬得起这张美丽的脸庞啊。”

白雪公主翻起白眼。小红帽的眼珠子转得比风火轮还快，见一时难以挣脱我的九阴白骨爪，吐掉橡皮圈，朝史莱克媚笑道，“这位帅哥哥，我的肉不好吃，打小种不好，发酸，还苦。这没办法。龙生龙，凤生凤，老鼠的儿子会打洞。我是陷空山无底洞的白毛老鼠投胎做人。我家男人就不同了，他是奉如来佛旨转世的唐僧，是如假包换货真价实的童男子，吃他一口肉，可活五百年；再吃第二口又可再活五百年。帅哥哥呀，你呀，把他的肉都割了，割得小指头大，晾屋门口，每五百年吃一块，我保证你可与天地同寿共日月同光。”

史莱克眼神直了，“你们是夫妻？”

我没来得及辩白，小红帽抢声应道，“我是他未过门的娇滴滴人见人爱华丽的小媳妇。”

史莱克鼻涕淌下，“你们的肉我都不敢吃，怕中毒。想我史莱克，行走江湖四十五年，见惯狠的，就没见过比你们俩更狠的；见过不要脸的，就没见过比你们更不要脸的。钱，一分也没有；人，我要带走。”绿衣男张开怀抱，向虚空抱去，“小姑娘，幸运之门正向你打开。你距离成功只有一步之遥，来吧，向前迈一步！我要把你打造成天皇巨星，替你制作并向全球发行唱片，一年之内拿遍中国各项音乐大奖，两年之内登陆好莱坞星光大道领取格莱美音乐奖，三年之内横扫宇宙，让外星人也为你的歌声泪眼婆娑。你的歌声是神奇的香水，香味飘到哪，哪里就春光明媚鸟语花香，瞎子听了可以复明，聋子听了可以复聪，肢体不全者会变成壁虎，噢，不对，是变得像壁虎一样长出新器官，不育者听了还可以生葡萄胎——呃，还是不对，是可以生龙凤胎。在这几张纸上签上你香喷喷的名字，我向你保证，你吐的痰会变成金子，撸出的鼻涕会变成银子，用过的厕所也会被永久封存，供后人参观学习。"

我看看小红帽的瞳仁，还好，没涣散。我想起一个问题，"半个小时没见，你咋变瘦了？"小红帽笑眯眯地回答，"还不是想你想得呗。"

这话太肉麻了，若这个"想"有这样神奇的效果，天底下的想减肥的女人还不每天都为我朝思暮想，那我怎么受得了？还好克林顿勇于发言，"小红帽开始衣服里都是钱，就是她烧掉的那种。虽然是假钱，毕竟大小一样，颜色也差不多。"我恍然大悟，朝阿鸟打了一个手势，阿鸟胆怯地把大半个身子缩入克林顿身后。我朝克林顿打了一个手势，克林顿不乐意了，"看我干吗？我又没有咬他。"这话把白雪公主吓着了，手迅速缩回，"你有狂犬病？"克林顿委屈了，"因为那不可抗拒的外力，我的脸有点变形，可这并不等于我就得了狂犬症。变形，这是神的隐喻。这种幻化的力量把格里高尔在一夜之间弄成了一只大甲虫，从而充分揭示出资本主义社会的黑暗，人和人之间关系的冷酷，以及人对社会的绝望。"

我惊奇了。小红帽咯咯笑，"我妈厉害不？一条狗也能被她教育得能读懂卡夫卡。"

史莱克恼了，单手叉腰，"我说话，你们听见没？"

我们互望一眼，异口同声喊道，"没听见。"

史莱克差点跌了一个狗吃屎。

月光飘落，风发出颤音。墙壁在跳舞，街道在叮当振动。如此良辰美景，不应辜负。小红帽牵起我的手，我不由自主地随着她的手势起舞，交叉步，踢腿，跳跃，旋转，为所有还未被月光催眠的生物表演了一曲髋部贴紧的华丽奔放的探戈。跳其他种类的舞，男人都要脸带微笑，唯独跳探戈是一副东张西望提防别人偷窥的表情，难道……望着小红帽那纯洁无瑕的下颌，我没敢再想下去。这要被天打雷劈。一曲舞罢，史莱克眼神直了，喃喃有词，"太无耻了，太下流了，太卑鄙了，太淫贱了，太变态了……我发誓，全世界都会因为你们俩的舞姿而疯狂。五大洲四大洋……呃，我敢划破小手指头保证，连海面的浮游生物都会成为你们最忠诚的 fans。"

"喂，穿绿衣服准备戴绿帽子的，他俩这种小样也能成为演艺界人士？"白雪公主皱眉大声嚷嚷，"你的视力是零点几？你若钱多得心慌，不如捐给我们陈楚生全球歌友会。捐十万，我给你发一张奖状；捐百万，我发一百张奖状；若是捐上一亿，我允许你隔十米距离向楚生问声好。"

嫉妒果然是女性的原罪。

我向白雪公主做了一个标准的骑士礼仪，"公主殿下，要不你与小红帽一起来为世界人民表演一套拉拉之舞，你们一个是T，一个是P，一个美脸，一个美腿，一个美胸一个美屁股，别说海面的浮游生物，连深海水怪也都会为你们喝彩。"

"拉拉？"白雪公主撅嘴。

"蕾丝边啦。"小红帽眼里放出光。

白雪公主还是没闹明白，"蕾丝边？"

小红帽兴高采烈地挽起她的胳膊，"就是女同性恋。来，我们跳一曲童女之舞。"

"我才不与你跳。我要找我的王子跳！"白雪公主似被马蜂蜇了，甩手不停，情急之下把一直潜伏于心中的秘密也脱口而出。

我摇头叹气，"这就是不好好读书的结果。"

阿鸟诧异了，"这关读书什么事情？"

我仰天长叹，"酷儿理论告诉我们：人的性倾向是流动的，不存在同性恋者或异性恋者，只存在此一时的同性间的性行为，以及彼一时的异性间的性行为；甚至，不存在绝对的传统意义上的男人或女人，只存在着一个个具体的，活生生的人……人在性行为与性倾向上均是具有多元之可能。"

克林顿眼里露出一片幸福的憧憬，"那将是一个多么美好的社会啊。我早就想和碧树园三幢二单元二零三房的波斯猫睡上一觉。

她太美了，瞳孔是翡翠绿，还有着黑色眼睑。全身皮毛雪白，闪晃着光芒，好像雪花飘入我的脑海，带来了无可言说的愉悦与持续不断的高潮。"

白雪公主捂住嘴，惊骇地望着克林顿。

闭上眼陶醉在性幻想中的克林顿继续用一种梦呓般的口吻说道，"还有水电房底下那只迷人的老鼠。她的芳名叫罗纳尔多，她的眼睛是香格里榭最奢华的红宝石，爪印仿佛梅花落在大雪之上，她的腰肢比阿粿的手指头还细……"

我冷冷地打断克林断的绮梦，"我知道，你还想与水底的鱼、天上的鹰、山中的猴子、草原上跑的狮子发生关系。我知道，在科技昌明的今天，这种愿望在技术程度上并不困难。但我提醒你，每当你嘿咻至高潮时，请别忘了莱温斯基。她会趴在你后脖颈上朝你的耳朵眼里呵气。"

克林顿如被电殛，后腿屈，前爪伸，就欲把自己扼死。

小红帽不满意，大声打抱不平，"阿粿，你别拿鬼故事吓人了。是不是爱人死了，我们就不能再过性生活？是不是爱人死了，我们都要立贞节牌坊？还酷儿理论呢。纯属装大尾巴狼。只跟一个人搞，如何实现那什么'性行为与性倾向上的多元之可能'。我搞我存在。这才是酷儿理论的精髓。克林顿，不要怕，要勇敢地去争取自己的幸福。莱温斯基在地底下也会为你祝福的。"

白雪公主的脸比石榴树上结的樱桃还要红。

史莱克扑通一声双膝跪倒，抱住小红帽的小腿，"你是我头顶至高无上的宝冠，你是天空永不灭的星光，你给了我希望与温暖，你给了世人重新再来的勇气。你是黄河之水，你是北冰之洋，你是长城之长，你是南极仙翁。你会成为新时代的象征，你将引领万众奔赴未来。你是光你是电你是唯一的神话。天地娱乐集团将全力打造你的首张专辑，主打就是我搞我存在之'朗公列传'。"

史莱克抹掉一脸的泪水，起身引吭高歌：

朗公西，京都人，体健善媾，当世无双，公亦常以此自诩。国朝五十六年乙酉中，公尝与女友敦伦，逾时未竟，而牡物已青肿矣，遂罢。是年十一月丁亥，甲辰日，公携女友鼓余勇再战，历时四刻有余，出入凡九千七百五十余次，公未尽兴而女已不支，遂假托庖厨而欲休，公亦怜惜之，遂止，与女友食馄饨一碗以志庆。后渐传于世，海内震惊，术者解以格致、丹药、营造、兵法、算学诸科，均以公为天人。俄而诸番邦闻之，多有假借入朝贡献而实欲晤公者。以床第鄙事而能振国威者，唯公一人也。赞曰：矫矫朗公，阴阳神通，玄牡一举，四海皆从。

阿鸟说，"神经病。"

白雪公说，"精神病。"

小红帽说，"精神病和神经病是两种完全不同的疾病，不能混为一谈。"

克林顿说，"希拉里得的是什么病？"

我说，"贪病。"

阿鸟说，"贪也是病？"

白雪公主在我梦里第七十一号房间摸出一本书，念道，"这种疾病现象，在医学界、心理学界早已得到认证。"

小红帽说，"治贪病，当以钱入药。钱，味甘，大热，有毒，偏能驻颜。"

克林顿沮丧道，"人之初，性本贪。"

我纠正小红帽的说法，"对一切顺情之境，着欲无厌，是为贪病。其病当以不净之观为药而对治之。令其观于自他之身，一一不净，何所可贪。此观若成，此病即去，而心寂静矣。"

阿鸟说，"你念的是啥经？"

小红帽说，"他抄袭《涅槃经》。"

我说，"我这叫引用。"

白雪公主说，"抄就是抄。天下文章一大抄。读书人最是可耻。"

我反驳，"何谓抄袭？它与参考、模仿、剽窃、概括、释义、继承、发扬等有何不同？'抄袭的通常形式是复制加释义、重复原始文本的一些词句然后替换一些别的话等等相结合。'这不是我说的，但估计你这种不愿意读书的也听不懂。啊，书山有路勤为径，学海无涯苦作舟。"

小红帽讶道，"我为何要去攀书山、划学海，我吃饱了撑的？"

阿鸟说，"我捡到过几本《读者》，封底上都有一句话：知识改变命运！"

克林顿说，"那是一本多么好的精神食粮。但希拉里竟然用它垫桌腿，是可忍，孰不可忍……"

白雪公主踹了阿鸟一脚，"我是公主，我生下来就是公主，我大字不识也还是公主。不服气，你去上吊，没绳子，我借鞋带。跳楼也成，好多高楼。"

克林顿说，"鞋带太短，高楼里都有保安。"

小红帽拧住克林顿的耳朵，"你不说话就会死？下水道还没盖盖子。"

我说，"《下水道》，一部关于波兰华沙起义的电影。下水道剥夺了原本属于那些无畏战士们的荣耀。战后的人们也刻意遗忘他们。"

小红帽说，"男方辩友，你输了。王顾左右而言其他。"

我说，"女方辩友，你承认我是王了？奉天承运，皇帝诏曰：以白雪公主、小红帽为首的女权主义者妄图颠覆世界的秩序，牝鸡司晨，特着宣抚大将军克林顿每夜子时吐口水于其脸蛋上，不得有误。布告天下咸使闻知。钦此。"

史莱克说，"你们当我不存在？"

小红帽一口痰吐过去，"你跟自己的手搞搞就存在了。"

降临色

史莱克勃然大怒，"这么说，你们是敬酒不吃吃罚酒？"

阿鸟说，"酒不罚不热闹。这是我们林镇长说的。"

史莱克怒极生笑，"来人，把这二男二女一狗，统统给我抓起来。"

十六

黑暗中多出数道黑影，当是习过忍者之术，一身黑色装束，毛巾蒙脸，眼露凶光，手中更各执有一把明晃晃的利刃。刀光闪耀，空中几只路过的飞蛾不幸被切落大腿与胳膊。白雪公主惊呼掩嘴，躲入阿鸟身后。阿鸟马上缩在克林顿身后。克林顿撅起屁股想在马路上寻找下水道。唯小红帽夷然不惧，向前踏出一步。

这一小步，是全人类的一大步。

小红帽戟指喝道，"刀法也太差劲了，切得这样乱七八糟。一刀下去，能把公飞蛾切成母飞蛾，这才算是略窥门径。"这些忍者交换了一下眼神，目露犹豫之色。看得出来，他们很想问怎样才算刀术之登堂入室，碍于忍者戒律第一条，只好做锯嘴葫芦。这真是憋得很辛苦，那领头一个短小精悍者脖根都红了，刀光一闪，刀尖若繁星闪动，在身边织成了一张网。

小红帽微理鬓发，凌波微步，口吐莲花，"刀术有六，德、智、信、仁、勇、严。德者鸣鸿，黄帝采首山之铜而铸。化而为鹊，赤色飞落云中，天地为之色变，刀未拔，敌已屈膝；智者远虑，取极北之地玄冰制成，劈风无声。敌人还在往前冲，突然看见自己的脖子正在向外喷血，想赞一声好快的刀，因为喉管被切断，嘴巴只能一张一合，表情可爱极了；信者屠龙，威武凛冽，玄铁锻造，持刀号令天下，莫有不从；仁者解牛，庖丁宰牛数千头，以无厚入有间，作桑林之舞，闻者莫不翩翩起舞，是谓盛世和谐；勇者青龙偃月，一刀在手，过五关斩六将，谈笑间，多少英雄豪杰灰飞烟灭；严者包公铡，陨铁打造，质地坚硬，行刑专用，上至王公贵族，下至黎民百姓，越杀越正义，越杀越大快人心。"

忍者中几人手中利刃当啷落地。领头者身上罩着的光网也发生了一点位移。刀意汹涌。史莱克紧身服被削落大半，露出两个绿色的大屁股，犹自不觉。

小红帽向领头者抛去一个媚眼，"这些也仅止于术，离人刀合一还差得远，更甭提那神乎其技。"

阿鸟喃喃说道，"媚眼是刀，刀刀催人老。"

克林顿叹息，"我明白了，人刀合一的境界就是变身女人。"

白雪公主皱眉，"那神乎其技是不是韦小宝用的护身短刀？"

我沉吟不语。小红帽太高深莫测了。这不是好现象，想当初小瓦也是广征博引，出言惊人，而事实最终证明他是一个奸细。难道小红帽是她妈派遣至白雪公主暴力团妄图夺取最高权力的吗？阿迪达斯的广告词说得好：凡事都有可能。摩非定律说得更好：凡事有可能出错，那就一定会出错。君子不立于危墙之下，为了避免这种出错的概率……我深吸一口气，胸腔鼓起如鱼鳔。一团团刀光此起彼伏，或明或暗。刀声呼啸，像巴赫的音乐一样好听。史莱克与忍者们的注意力已完全被小红帽的一颦一笑所吸引。正是风紧扯乎的好时候，我朝阿鸟他们使了一个眼色，大吼，像一棵发芽的树那样迫不及待撒丫子就跑。

一二三，我的灵魂跑出了体外。

一二三，再跑十步，就可冲进小巷深处，从此天高任鸟飞，海阔凭鱼跃。

一二三，再跑二步……咦，好像有碗热面汤浇到后背上……又是一碗？汤汁顺着脊梁骨一路往下滴，滴至尾椎骨……尻部发麻，道路黏住鞋子。一股不可抗拒的力突然拧转了我的头颅。阿鸟、白雪公主、克林顿站在原地没动，一个个噤若寒蝉，活像石雕，但目光就像一碗碗热面汤照头浇来。面汤里的内容不一样，有搁贵州野山椒的，也有只放一些姜末与葱花的。我咧开嘴，有点尴尬，想说同志们好，紧接着一个可怕的预感从意识表面扑通一声掉进了潜意识深海，水花四溅，强大的电流自脚板蹿至发梢，两根大脚指头跷起，我下意识地仰首，一张大网当头罩落，不是刀光之网，是渔网，可能是用世上最结实的绳子编的网，一下把我兜在半空中。

我惨叫，在空中起落，双手被勒到身后，右腿大脚趾被勒到后脑勺处，脸蛋上的肉被网绳勒得一块块凸起。

黑暗中传来嘎嘎笑声，一张得意洋洋的蝙蝠脸出现在我头顶，是小瓦，"伟大的阿穉先生，怎么就做了胆小鬼，第一个逃跑呢？"我的脸瞬间滚烫，"去你妈的，叛徒，汉奸，走狗，不齿于人类的蝙蝠屎堆，我这是逃跑吗？我这是保留革命火种。"

"好一个革命火种，"小瓦捏捏我脸上凸起的肉，赞道，"难怪这几千年，你们人类总是在革命。革命来革命去，也没见你们有多少进步。不幸从来就不见底线，那些大词为百姓打开的从来只是奴役之门。穷者依然穷，富者依然富，不义者依然要抢先逃跑，把死的光荣留给战友。"小瓦把我拖到史莱克脚下，冷笑道，"这个阿果最不老实，还拿赝品骗人，他妈的，这完全不吻合我们构建河蟹社会的精神，建议严惩不贷，打断四肢，给他留个机会好好反省。"

我心如刀绞，却不是因为被捆成一只粽子的耻辱以及即将来临的可怕折磨。我在心底呐喊，"同志们呀，别中了敌人挑拨离间之计。"可不知为何，我却无法喊出声。这是为什么？史莱克摸摸下巴，乐了，"要不，把选择的权力交给他无耻抛弃的朋友们，给他这位未过门的华丽的小媳妇？小媳妇呀，你男人把你一个人扔在虎狼窝里，你说这样的孬种男人是蒸了是煮了是煎了是炸了还是炒了为好？"

小红帽没吭声，眼眶有点红。克林顿接嘴叫道，"凌迟处死。用铜柄鱼鳞小刀割他的肉，割足三千六百刀。"白雪公主的眼眶湿润了，"克林顿，你不能这样说。阿果并没有抛弃我们，他使了眼色，你没看见罢了。是的，小红帽还在为大家争取逃走的机会，他不应该这样，可这也罪不至死，更不该这种死法。"

小瓦叹口气摇摇头，"不妥。当年袁崇焕也是这样先被渔网罩

.166

体，再被片成包子馅的。这种死法会让别人误把他当成袁崇焕了。要让他死得别人都羞于提及。"

史莱克说，"你有什么好主意？"

小瓦朝阿鸟吹了声口哨，"你们祖龙寨不是豺狼多吗？把他送那儿喂豺狼好不好？"

"不好。"阿鸟短促地应了声，"小瓦，你这个叛徒。你才应该拿去喂豺狼。阿猱比我更聪明，比我更有智慧，比我更有理由活下来。我不觉得他刚才的跑有什么不对。事实上，我也希望他跑。他跑了，白雪暴力团的正义理想才有机会得到更广泛的传播。正义就是正义，我不懂什么大道理。我只晓得阿猱一心惦念着要为穷人做事。小瓦，你别挑拨离间，林镇长搞这种阴谋的套路比你高明多了。我虽然笨一点，但好人坏人还是分得出来。你说什么都没有用。我再重复一遍，如果我们俩中只有一个能活下来，那我愿意选择阿猱活我死。"

阿鸟的目光擦亮了我沮丧的眼。我热泪盈眶，"阿鸟，你什么都别说了。好兄弟，下辈子，我仍然来找你。小瓦，请动手，我知道你学问广博，不必玩猫戏老鼠这一套。想当年传奇英王爱德华二世也是被烧红铁条插入肛门而死。来，给我戴上防毒面具，面具的气管插在我肛门上吧。"

小瓦一怔，抚掌大笑，"好主意，果然是无所不能的阿猱。居然读过王小波。幸好我没落在你手里。不过，戴防毒面具还是挺麻烦，不如直接把你的头塞进你的肛门，如何？这样在你被自己臭死之前，我们这些人还可以踢一场激情四溢的足球！"

小红帽盈盈笑了，半蹲施了一个福，以一种甜蜜到发腻的声音说道，"尊敬的小瓦先生，请问这里是你做主，还是这位玉树临风的英俊史莱克先生做主？我有一个提议，我们就刚才阿鸟所提出的正义这个词语做一番辩论。我若赢了，你放走我夫婿，我仍然跟你们走；我若输了，我夫婿还有阿鸟、公主、克林顿，都加盟你们天地娱乐，不拿一分钱薪水，为你们赚钱至死。要不，纵然你们把我缚了去，也只绑得了我的身，绑不了我的心，一个木头小红帽如何在这个娱乐狂欢的年代掠夺观众眼球？请两位大人斟酌。"

零点两秒后，史莱克一挥手，忍者们迅速隐退，长街上出现两把椅子，两张桌子。小瓦摸出大烟袋吸过两口，再用美人扇扇柄把头发梳成周润发在《赌神》中的扮相，朝小红帽一拱手，"对方辩友，请，请坐，请上坐。"

我提出一个很实质性的问题，"谁是裁判？"

史莱克挺胸，"我。"

我说，"你在什么样的情况下会做出误判？"

史莱克简洁地回答，"收了钱的情况下。"

我说，"在我左边裤兜，有一个夹层，里面藏了一个牛皮夹，有一万块钱，请您务必收下。"

史莱克说，"据《刑法》第一百六十三条，我这叫犯了受贿罪，虽然数额不算大，但要处五年以下有期徒刑或者拘役。"

我说，"请注意受贿罪的主体与要件。这叫劳务费，做裁判很辛苦的，不仅要承受巨大的心理压力，有时还要冒生命危险。有前车之鉴。曾在世界杯赛中执法意大利与韩国一战的厄瓜多尔籍主裁判莫雷诺就被意大利黑手党枪手暗杀，头部起码中了十三枪；其次，受贿罪是要为'他人谋取利益的'，你为我谋取了利益吗？没有。在这个层面上说，我只是你的FANS，你的朋友。这笔钱是我对你的馈赠；再次，这笔钱也不是给你个人的，而是给你所代表的天地娱乐。为了天地娱乐早日走出稻城，冲出亚洲，你夙兴夜寐，不惜用黑道的手法来做白道里的事，这种大无畏的精神实在可歌可泣。作为一个稻城人，我有必要捐出一点爱心，为你壮行。"

月光下，一个个词语自小红帽与小瓦嘴里飞出。

有些是我熟悉的，比如"肉体应当归顺于灵魂就是正义"，"各尽其职就是正义"，"正义就是给每个人以应有权利的稳定的永恒的意义"，"正义是一种主观的价值判断"、"正义即公平"；有些是我所不熟悉的，"当程序正义与实质正义发生冲突时，如何抉择？""恶为善之母，如同妇人生产，其形可怖，血流遍地，却又自充满生命的庄严。这个生命可能是畸形儿，是弱智儿。但这不重要，重要的是，生命这个整体要尝试种种可能。整体的意义要大于所有的个体之和。在个体构成整体时，必须要产生一些损耗，消失于宇宙黑洞之中。天地不仁，以万物为刍狗。宇宙并无情感。只是冷漠。那光阴凝聚的三万余个台阶，不过是能量流过的痕迹。正义不过是你们人类中那些弱者的臆想……它不会为这个世界增加什么，也不会减少什么。"

很奇怪，大多数时候，都难以分辨这些词语是发出谁的嘴。有时，它们像两只蝴蝶比翼双飞；有时，它们是两头公牛，头角互抵，四蹄刨得大地都在颤抖；有时，它们是狮子与鹿，鹿跑得极为疾速灵活，让狮子的扑击不断落空；有时，它们还是两块相同的瓦片，在掠过水面时，一起沉入水底。"农业社会、工业社会、信息社会……人们现在的生活看上去是科学的，手机、电脑、mp3，但贯穿于人与人之间关系的，仍然是智者在几千年前便已喻示的经验、智慧。要认清世界的真相，要明白宇宙的意志。"这是谁的声音？什么才是宇宙的意志？眼睑深处出现三个世界。一个是虚拟的，一个是想象的，另一个是实在的。

虚拟的世界由数字、物理公式、化学元素所描述。它是日月星辰，长河瀑布，以及一切可以测量的物的存在，包括人们迟早要衰老的肉体。这些虚拟之物，若电波火石，划过人们的脑海，且此生彼灭，在一本壮丽的没有边际的书籍之上留下两个字母，1与0。虚拟世界中的所有，皆可还原至这两个阿拉伯数字。它精确，理性，是上帝造的西红柿。让人感叹神迹。

想象的世界里充满狂乱的风暴、不知所云的呓语，以及那凭空出现的通体银白的通天之塔。它由语言、音乐、绘画等所组成。

与前者的关系，复杂多变。此时，前者是它内部的一个暴风眼；彼时，它只是前者那辽阔之河中一朵不起眼的浪花。而在更多时候，它们彼此独立，尽管它们都可能皆由实在的世界所孕育而出。

实在的世界，是万物的真相，是宇宙尽头最深邃的谜语。人们用上帝、涅槃、绝对精神、乌托邦、梵等等词语来称呼它。必须说，这些词语仅仅只是它的一部分，是它的肩，它的腿，它的眼。实际上，它在同一时刻睁开的眼就有三亿亿八千九百万只。每只眼睛里所包含的信息（人们把这些信息称之为感情）截然不同。

这三个世界，互为镜像，彼此观照，乃至无穷数。

一个声音在这个无穷数的空间里振响，起初并不大，好像是屋檐滴下的水珠。

"……世界不在意变好，也不在意变坏。好与坏，是人类的看法，它只是趋于极端。而我们总是忽略了这种极端性，以为事情本来就是这样的。能量是守恒的，但就犹如水从高往低流，这能量也从昼涌入夜。是不可逆的，是熵……啊……江阴毛纺厂成立了保持党员先进性爱国主义学习小组，在江阴道路管理局协助下，通过宝鸡巴士公司，与蒙牛酸酸乳房山分销点组成了开放性交互式的讨论组，认为 google 退出中国事件赤裸裸体现了帝国主义的文化侵略，掀起了爱国主义的群众性高潮……"

声音越来越大，水珠变成溪流、长河、怒江，一个影子突然同时出现在这三个世界里，用它那巨大的手把这三个世界搅作一团风暴。无数琉璃自这个影子身上溅出，若青鸟飞起，刹那间又被风暴撕碎，还原至原子粉末。影子不见了。很快，风暴里已没有任何清晰的物或者概念的存在，而风暴本身又开始被风暴撕裂，就像一张大嘴吞吃着自己的身体。

我悚然一惊。

小瓦不见了。小红帽坐在桌前，脸上犹有两行泪痕，双眼呆而无神。

黑衣人

十七

天地娱乐公司的办事效率高得令人咋舌。半个时辰后,稻城上空冉冉升起无数朵烟花,九架通体刷有"小红帽暴力团"五字的巨大飞艇,若鲸鱼巡游于黑夜之上,发出持续不断的奇特轰鸣声,大量传单自其腹处纷纷而下,传单中还夹有各种币值的钞票。以一元为多,但一元钱也是钱。稻城沸腾了,所有的窗户皆被推开,连土壤深处匿伏的众多生灵也都钻出洞穴,朝着稻城广场的方向翘首以望。一个雄浑有力的声音自那里传遍稻城的每个角落:

稻城人民醒来吧!

你们在黑屋子里沉睡了太久。今虽千古未有之盛世,但仍有虎狼横行,奸佞妄为,欺瞒天下。幼不得学,老不得养,病不得医,无片瓦遮身者众,连猪肉都像白云在空中飘荡。魍魉魑魅,沆瀣一气,狼狈为奸,磨牙吮膏血,积骨高山丘。金取于滇,不足不止;珠取于海,不罄不止;锦绮取于吴越,不极奇巧不止。悲哉,活着还有什么意思?

来自德国的小红帽暴力团将告诉你答案。

让我们齐声欢呼"为人民服务"!

让我们用掌声改变稻城！

　　广场中心，灯光喷泉处，处处洋溢着隆重、热烈的喜庆气氛。已换过一身黑衣斗篷的史莱克端坐在主席台上接受一个中年记者的访问。灯光每隔五秒钟就在他眸子里涂上一种色彩，这让他看上去就与外星人差不多。外星人从哪里来？当然是从他妈的肚子里来的。我忧伤地注视着主席台。小瓦未列席，山羊胡子在他左边，小红帽坐在右边。主席台上装饰着松柏与鲜花。天地娱乐公司的LOGO标志悬挂在橘黄色大幕中央。数十根彩旗分列两旁。一块巨幅标语绕主席台三匝，上书："热烈欢迎小红帽暴力团届临我市访问演出"。

　　史莱克清晰有力的声音传入我的耳膜。

　　"天地娱乐公司这些年取得了一些成绩。这些来之不易的成绩，是在稻城委员会与政府的正确领导下，全市广大干部不断进取、团结奋斗的结果；是稻城市人大有力支持、依法监督和稻城市政协积极参与、民主监督的结果；更是稻城市人民齐心协力、努力拼搏的结果。"

　　"艺术就是暴力，它把人从平庸乏味的日常生活中拯救出来，给了人们活着的希望，它基于对人之原罪的诠释；暴力就是艺术，一切现实主义都可抽象为艺术，这个抽象的过程即是暴力。比如一切竞技体育都是对各种暴力行为的转化与消解。艺术是非常极端的，极端怎么可能没有暴力在场？这就是我们之所以叫小红帽暴力团而不是艺术团的原因。唯有面目狰狞的暴力，才能劈开日常生活紧紧裹在人们身上的硬壳，让我们感受到生命的存在，继而学习审美，呼吸到真正的旋律。暴力在唤醒我们！一切文明史都是暴力史。西方艺术史上有三个艺术高峰，也相应带来了三次暴力的高潮。比如中世纪对人性天国的诗意化表达，对艺术的绝对圣洁化，结果催产出那些残暴的宗教审判。他们现在认识清楚了，所以干脆就拍了一部《暴力史》，所以《老无所依》得奥斯卡金像奖。毕加索和达利的伟大在于昭然暴力的同时，却也警醒了暴力，消解了暴力。而稻城几千年来的艺术表达，一直是不阴不阳不死不活不痛不痒，扮演着一块遮羞布的角色，恶的真实被伪善的虚空所掩饰，根本缺乏对暴力本源的表达，有的也只是一种色情的疯狂暴露和泛滥。毋庸讳言，小红帽暴力团将改变我们对艺术的看法，甚至改变我们对世界的看法。"

"妈的，你竟然指责我抄袭？我抄谁的？天底下有谁够这个资格让我史莱克抄？这叫引用，你懂不懂？丢你老母，你是不是说一句话，就要补充一句，这是某某某在某年某月某日某时说的话？来人，剖开这个王八蛋的肚子，往他胃里搁上一块铅，缝好后扔护城河里去。换一个记者上来，要美女，要年轻，要丰胸翘臀，要懂得发问小红帽是否与白雪公主搞蕾丝边，懂得发问小红帽是否与克林顿有几腿。妈的，一点记者的专业素质都没有。山羊胡子，你给我打电话给报社，说明年的广告费投放额减半。"

我盘膝坐在主席台下的暗格里，手里有两张纸，一张是处于A级保密状态下的节目单，一张是捡来的宣传单。节目单下印有一行小字：表演者的表情一定要苦大仇深，一定要自始至终饱含热泪。大屏幕同时投影稻城各条战线今年涌现的先进人物的可歌可泣的事迹。伴以 flash 动画，穿插德国小镇风情，及时给出德国香肠的特写，让观众流下口涎。

　　阿鸟愁眉苦脸指着节目单上第七个节目"勾引我老公者死！"说，"我是男人吖，这怎么唱？"克林顿白了阿鸟一眼，"要不要我往你眼睛上涂点润洁？这么大的字都看不清。领唱者是小红帽，妩媚哀怨，怒与悲愁是她的活。你是伴舞，要做的是用肢体语言充分阐释小红帽的表情。"阿鸟郁闷无比，"你说得对，可什么叫肢体语言？哭时，我还可往眼睛里滴辣椒水，妩媚时，咋办？"克林顿啐道，"妩媚时你就翘兰花指，哀怨时你就捧心口，愤怒时你就拽自己头发……"

　　男人就演不好女人？四大旦角，梅兰芳的"样"，尚小云的"棒"，荀慧生的"浪"，程砚秋的"唱"，哪一个不比女人更像女人？一颦一笑，一起一坐，宛然巾帼，十足雌物。国粹之京剧讲究唱念做打，唱念做打，光一个念白就要做到字字珠玑，从中分出喜、怒、忧、思、悲、恐、惊。我没理会他俩的嘀咕。夏虫不足以语冰。白雪公主坐在一边忧心忡忡，细小的灰尘自她指缝里若光阴漏下，"阿粿，我们明天走到大街上后，真会有百分之二百五的回头率吗？"

我说，"会。"

白雪公主说，"那我明天抹什么样的护肤品好？"

我说，"雅霜。经典国货。滋润肌肤、防御风寒，还具有神奇的卸妆和清洁皮肤的功能。"

白雪公主怔了半晌，指着宣传单上的"扒灰"两字说，"这什么意思？为什么他们要说，'童话国王疑与白雪公主扒灰'？"

"他们没文化。这个词用错了地方。你是国王的女儿，不是媳妇。他们是没廉耻的标题党，十有八九做过新浪的编辑。"我怅然地望着头顶飘落的灰尘，若是小瓦在，又或者是小红帽在，这种文化普及工作，就不必我做了。小红帽呀小红帽，你与小瓦的辩论，到底谁输谁赢？为什么当史莱克变形为木乃伊时，你要主动地在合同上签下名字？难道说我看错你了，你终究不过是一个浅薄的渴望一夜成名的无聊女子，在突如其来的眩晕面前便迅速堕落，并且是越堕落越快乐？

我说，"白雪公主暴力团现在变成了小红帽暴力团了。你就不感到难过？"

白雪公主鼻子一翘说，"我为什么要难过？哼，什么白雪公主暴力团？明明是挂羊头卖狗肉。"

我有点尴尬，"那现在小红帽坐主席台，你坐主席台的木板下，就真的一点也不失落？"

白雪公主啜起双唇，"说一点也不失落，那是假的。好歹有那么零点几毫克，但想想，人家小红帽坐主席台是应该的。长得好，又聪明，唱的歌又那么漂亮，还懂得那么多的知识。或许我们能在她的带领下迅速闯出一片天地，而不必去服从什么潜规则。"

我奇怪了，"你怎么知道潜规则？"

白雪公主说，"你挂在梦里第七十九号房间的门帘那么大，真当我是瞎子呀。"

我叹口气，"那你想不想重新回到我梦里，不再出来？"

白雪公主咬了一会儿手指甲说，"不想。我觉得挺好玩的。不管叫白雪公主暴力团还是小红帽暴力团，都挺好玩的。"

我闭上嘴。身上有黏黏的汗。我还真有点怀念白雪公主最早雌性暴龙的形象。那时候的我们是多么简单快乐！我把用作道具的一个鸡蛋搁在掌心转动，没多久，它就成了一颗咸鸡蛋。我慢慢剥去鸡蛋的壳，蛋黄分给白雪公主，蛋白一块块喂入嘴。也许，对于人们来说，一双靴子确实比莎士比亚更有价值，现在到了我重新思索一切的时候。但，什么才是"一切"？或者说，秦始皇、万喜良、孟姜女、执导《秦始皇》的张艺谋、书写《碧奴》的苏童，以及在长城脚下生活了千年的农人等等，都是"一切"中不可缺少的一部分？

人是词语的囚徒。人都不可避免地被那个其实并不属于他的道德所绑架。要想让灵魂获得真正的解放，唯有摆脱自我，摆脱那个由事件与时间堆积而成的偶然。

我把鸡蛋壳的碎块埋入土里，拿起白雪公主脚边的镜子，长久地凝视镜中这个表情阴郁的男人。他的头发很少，额头与鸡蛋差不多的形状，因为木板缝里漏下的光，有点透明，让我忍不住产生把蛋壳打碎的冲动。但也不是鸡蛋，鸡蛋要光滑白嫩得多，或许更准确的说法是一个烤红薯。问题又来了，想到了烤红薯，我嘴里便情不自禁地生出甜津津的味道，如果他是一个妙龄少女，我还可以冲上去抱着这个额头乱啃，可他显然不是，一股强烈的酸臭味与腐臭味从他身上冲进我的鼻腔，肆无忌惮地拨弄着我的鼻毛，我只好打了一个喷嚏，结果又把脸都打疼了。

台上响起锣鼓声。耳边传来小红帽明快俏丽的唱腔。唱得真好，几句简单的乐句，就在音乐的美、表现以及意味上，创造出无与伦比的奇迹。

一二三四五，上山打老虎，老虎不在家，照只纸老虎。

下山骗政府，山上有老虎，虎照这样酷，一定是真虎。有谁不服输，脑袋作赌注……

我没再多想，抓起一张虎皮套在头上，虎吼一声，沿地板暗格翻身蹿出。虎吼是有难度的，搞成猫叫就不像话了，所谓乳虎啸谷，百兽震惶。也不能搞成鹤唳、犬吠、猪哼、牛哞、羊咩、狼嚎……若搞成公鸡打啼那就更不对，但不对也没有办法，尽管我事先在嗓子里含了一块炭并咽下一大杯放了辣椒油的马丁尼酒，我的吼声还是与一只被阉割了的小公鸡差不多幽咽婉转。

掌声响起。

掌声如潮。

掌声若成千上万只鸭子齐声嘎嘎叫。

巨大的观众席呈扇形朝我打开，一层一层，平缓向上升去，消失于茫茫黑暗之中。就仿佛我在一个神秘深渊的底部。我在斑斓虎皮中清晰地看见了每一个人的嘴脸。好像有某种东西在一瞬间夺走了他们的灵魂，他们不约而同以某种滑稽又古怪的方式咧开了嘴——毋论男女。

我高声念道：从前，有位漂亮的皇后一直没生孩子，非常烦恼。有一天，她在湖边洗澡，出现了一只青蛙，对她说，你将会生一位公主。不出一年，皇后果然生下一位公主。皇后非常高兴，邀请所有的仙女来参加庆祝宴会，但糟糕的是她忘了邀请一个仙女。宴会当天，仙女们带着祝福来参加盛宴。突然，没被邀请的仙女出现了，说，当公主满十五岁时，会被纺锤扎中而死。每个人都非常吃惊和恐惧，害怕她的恶咒会实现。另一位仙女赶紧祝福，公主不会死，但要昏睡一百年。皇后收缴全国的纺锤，把它们全烧毁了。日子一天天过去，公主越来越漂亮。不知不觉，大家都忘了那诅咒。公主十五岁生日的当天，她一个人在城堡里走来走去，突然看见走廊尽头有个锁起来的小房间，一时好奇，撬开锁，发现里面有根被人遗忘了的纺锤。她伸手摸了摸，立刻被扎中了，昏沉沉地倒下睡着。恶咒成为事实。又过了很久，一位王子出现在城堡外，他不听侍从劝阻，披荆斩棘，进入城堡，寻找那位传说中的睡美人。最后他来到小房间，发现了她，久久地看，终于忍不住地亲了下去。于是，公主睁开她水汪汪的大眼睛，目不转睛地注视着王子。睡美人复活了！睡美人和王子举办了一个很盛大的结婚典礼，从此过着幸福快乐的日子。

砖头、番茄、啤酒瓶、没煮熟的生鸡蛋若山呼海啸砸来，一个王八蛋竟然用报纸包了一团屎扔上台，刚好扔进虎嘴，差点把我臭死。我在台上翻滚，蹿高伏低。万千喉咙在耳边汇成滚滚惊雷，"打死骗子老虎"、"正龙照虎？这都是啥年代的事？玛勒戈壁，一点也不与时俱进，调戏我们纯洁的感情"、"你这就不懂后现代了，那周老虎已重新出山，并发誓要亲手逮一只华南虎向全国人民献礼"、"草泥马"……

眼看我就要被砸成一张年画虎，又或者是一只我从未耳闻的神兽草泥马（它们之间应该是存在着某种奇异而又神秘的联系），小红帽再次拯救了我，轻启朱唇，开口歌唱：

这是童话，是格林兄弟所著《睡美人》。我想大家一定听过。不过，虽然许多女孩都渴望成为睡美人，得到王子的吻，"从此过着幸福快乐的日子"，可大家是否明白这篇童话的真正含义？为何漂亮的皇后一直不能生育？非得她赤身裸体遇见那只可恶的青蛙后才有了孩子？青蛙这东西又黏又湿，一兴奋肚子就膨胀，像不像男人的那玩意儿？青蛙还是古时候配制春药比如"旱苗喜雨露"不可或缺的材料。又据说还能炼制"守宫砂"。这些或都是无稽之谈，可它们毕竟曾大量出现在传说中，也就相应的具有了某种含义？纺锤又意味什么？为何公主一摸到它——而非摸其他东西——便晕过去？是因为它的坚硬堪比男人的生殖器，公主受到性侵犯？又或者说它形似女人阴核，公主由此发现手淫的快乐？又为什么非得等待一百年，而不是一年、二年、十年，才允许王子来到城堡唤醒睡美人吗？我们不妨把那些埋藏起来的隐喻从暗地里拽到阳光下。

能把冗长的韵白唱得这样铿锵悦耳，有宫商角羽，有阴平去入，还能萃集东方京剧与西方歌剧之精华，曲尽其妙，天衣无缝。小红帽果然不同凡响。我抖落身上秽物，第一次清醒地认识到自己与小红帽的差距，也对把她培养出来的那位女士油然生起尊敬之意，更对史莱克的慧眼暗自叹服。出来混的，混出了名堂的，有谁是苍货？

我把身子缩入舞台一角。应该说这舞台布景绝对是大师水准，每个细节都充满智慧，不谦虚地说，它可以将剧场内短暂的瞬间变为观众心目中的永恒。而由山羊胡子对光线强弱和混合光量的比例变化的控制更是出神入化，我能在这摇曳不定的光线中看见神秘、华丽、高贵、典雅、甜美、温馨、悲惨、寂寞、浪漫等词语。我叹口气，克林顿自暗格里探出头，"阿椇，你看。"是一本书，因为年月过久，又不知是被谁扔在下面，书页已发霉，页码也残缺不全，但仍然清晰可见《怪物史莱克》几个魏碑体。我的藏书室没有这本书！我大喜过望，一把夺过。克林顿支支吾吾说道，"阿椇，书里的史莱克是不是这个逼我们签卖身契的史莱克？可为什么我怎么也看不出他丑陋的外表下有一颗善良的心？"

我在一分钟内用快速阅读法迅速浏览完这本由美国梦工厂生产的作品，眉头皱成亚历山大结。这两个史莱克十有八九是一个人，否则如何解释那个绿色的大屁股？如果说他们是同一个人的话，那么谁是他的伙伴唐基与菲欧娜？飞鸟尽，良弓藏；狡兔死，走狗烹。唐基的命运可想而知，史莱克既然与菲欧娜公主"幸福地结合了"，天上龙肉，地上驴肉，这头喋喋不休始终不肯闭上嘴巴的蠢驴十有八九成为他们婚礼上一道味道鲜美、可治疗阳痿不举的驴肉火烧。美公主菲欧娜肯为爱情做一个奇丑无比的绿色怪物，这种爱固然感天动地，那么她是否同样有可能为爱情做出牺牲，变成山羊胡子，变成能潜进他人梦里窥测其来意的人妖，或者接受"秘党"的初吻变成一只蝙蝠？天哪，若小瓦就是菲欧娜，小瓦所有令人百思不得其解的奇怪行为就有了最合理的解释。这是一个严肃的学术问题，一个石破天惊的学术问题，它的澄清必将如伊利牛奶强壮我们的身体，丰富我们的心灵。

　　我的手微微发了颤，没有向克林顿提出这个可能。凡事都有可能。可能是世界震动的弦。灯光时明时暗，时强时弱，时冷时暖，似水乳交融变幻无穷。我鼓起眼，飞快地脱去腥臭的老虎皮，换上一身青蛙服饰。耳边小红帽的歌声一会儿快，一会儿慢，一会儿粗野，一会儿温顺，渐渐地越唱越高，忽然拔了一个尖儿，像一线钢丝抛入天际，让人在暗赞的同时以为这嗓音也就到为止。哪知这声音于那极高的地方，尚能回环转折。几啭之后，又高一层，接连有三四层，层层叠起，就像小瓦曾使出的"梯云纵"，在几乎不可能的情况下，攀上了一个我从未敢想象的空间。这里的旋律包含敬畏、庄严、神圣之情感，像一队风尘仆仆的朝拜者，穿着麻衣褐鞋，从时空尽头走来，缓缓而行，依次翻过山巅。山巅的那头是什么？旋律静静回荡，带着一种催人落泪的忧伤。视线尽处呈现出一片空明。一个微小的肉眼几不可识别的黑点在空明中蓦然出现，歌声随之陡然一落，若鹰隼捕食，影子还留在山坳这边，而身躯已裹着凛凛寒意扑向十里之外。一根丝绸自歌声中抽出，冉冉飘落，拂过少女的脸颊，在潋滟水波中慢慢沉下，渐然悄无声息。约有两三分钟之久，仿佛有一点声音从水底下发出。这一出之后，忽又扬起，水波顿时汹涌，仿佛是那潜于深渊处的龙朝天穹抬起头，风云激荡，已是深红色的帷布一点点拉上，突然猛地拉开。

穿着一身十五世纪欧洲宫廷王后服饰，嘴巴上还抹了口红的克林顿站在舞台中央，头戴一尺半高的圆锥帽，腰间系着一条宽大的彩带，身后是蓝天白云，脚下是一泓蔚蓝的湖水。水在舞台上发出潺潺微响。偶尔有鸟鸣声响起。而小红帽的歌声继续从一个不知名的角落传出，响彻大地——

从前，有位皇后非常漂亮，【克林顿掏出镜子，问，镜子啊镜子，我是世界上最美的女人吗？由山羊胡子配音的镜子回答道，尊敬的皇后，您是的。】因为国王性无能，一直没生孩子。那时没有医院，没有现在这样发达的医疗检测手段，她不清楚自己为什么不能生，只能默默忍受着各种议论与羞辱，比如不会下蛋的母鸡等。国王冷淡她，准备另娶新欢。皇后寂寞地来到一湖水边。白云倒映在水面。皇后脱去平时缠绕在身上那些繁琐的服饰与环佩，把羊脂玉一般的身子浸入湖水，恍恍惚惚，突然看见了一只青蛙。**【青蛙就是我。】**一眨眼，这青蛙便化作一位英俊男人，抱紧她，亲怜蜜意。**【说实话，川剧变脸的手法并不难，但搂着一条狗扮亲密状，还得去亲吻它两边一样的脸，这真有些难。还有，拥抱也真是个奇怪的东西，明明靠的那么近，却看不见彼此的脸。】**而皇后与国王的性生活一向糟糕得紧。也难怪，哪位习惯发号施令的国王愿意在这方面费点心思去讨好女人？他们可能从没想到女人也是人，也有性欲。总之，皇后第一次真正感受到莫大的喜悦。性，一下子就让她流光溢彩。

不出一年，皇后诞下公主一位。**【白雪公主穿着泡泡童裙出场了，把两只手举在耳边朝着克林顿喊，妈妈。我没晕，我坚持住了。】**当然，国王并不是公主的亲生父亲，可他不知道，头顶绿帽喜笑颜开，兴高采烈地准备起庆祝宴会，并打算立公主为继承人。**【再牛逼的钢琴家，恐怕也弹不出他的忧伤】**。这时，皇后身边的一个侍女因为皇后一直未与她分享青蛙男人，便把事情的真相告诉国王**【山羊胡子客串】**。国王大怒，欲处死皇后母女。消息被泄露，国王也太小觑一个女人在生死关头能暴发出来的能量，更何况恋奸情热的皇后早就不满与青蛙男人提心吊胆地欢好。她以自己的身体为饵，很快便牢牢控制住几位握有实权的大臣，其中还包括国王唯一的亲弟弟【穿着一件用三千只松鼠皮制成的外衣的阿鸟上场了。外衣袖口还有一首诗，是用七百粒细珠与数斤黄金丝线绣成。诗文曰：任何女人，只要对性觉醒了，就都具有娴熟使用性使之成为核武器的天赋。】皇后迅速发动雷霆万钧的宫廷政变。国王被处死，国王的弟弟被囚于城堡里一个最幽暗隐秘的房间。那个通风报信的侍女被砍去四肢，而青蛙男人则戴着从老国王脸上扒下的皮所制的面具成为新的国王【一朝权在手，便把令来行。嗨，咱们呀老百姓，今儿个真高兴】。

庆祝宴会如期举行。【人生就是一个大餐桌，上面摆满了杯具和餐具】天底下的仙女都赶来赴宴，不管她们心里如何想，面对权力的新主人，她们还是一一奉献上美好的祝福。【这些群众演员穿得真少，若能再少一点就更好了】但人民群众的眼睛是雪亮的，天底下同样没有不透风的墙，那侍女的母亲虽然与"仙女"这个美妙的词汇无关，却赶到宴会上勇敢地诅咒着：等到公主十五岁时，将被纺锤刺伤倒地毙命……侍女的母亲当场被剁成肉酱【是猪肉酱，我尝了一口，味道不赖】，可这个恶毒的诅咒却已牢牢钻入皇后心底。一个乖巧的仙女见状赶紧说，公主不会死，但要昏睡一百年。这仙女看似乖巧，实是蠢货一个，她完全可以说，等到公主二百岁时才会被纺锤刺伤，又或者说公主虽然在十五岁时将被纺锤刺伤当场倒地晕迷一分钟就会醒来并因此更为明艳动人。【哗众可以取宠，也可以失宠。】皇后生气了，喝令刀斧手砍下这个笨仙女的头颅，这就是马屁拍到马腿上的下场。【这位漂亮

的群众演员肯定没有与史莱克潜规则。】

全国上下被翻了个底朝天，纺锤一律都被收缴并烧毁。但皇后却忘了去检查囚禁国王弟弟的那个小房间，那里还藏着一根愤怒的纺锤。【"坏男人"一定要有好容貌，否则，他不配做坏男人，不配做女人心中的坏男人。】皇后忧心忡忡地请来大批的学者专家教授，请他们讲解纺锤的含义，如何才能避免其伤害？虎毒不食子，皇后对公主确实有一颗拳拳慈母心。学者专家教授引经据典详细阐述了纺锤与性之间的关系，一句话，万万不可让公主有性意识，并建议皇后从小就把公主女扮男装，更不准她接近任何男人，也包括她的亲生父亲，这样，公主才能在十五岁之前不察觉性，不被男人侵犯，保持完璧，逃离诅咒。

皇后虚心纳谏，并掀起一场轰轰烈烈"贞洁运动"。妓女挂上破鞋游街。惩罚嫖客的办法则是切下他们的生殖器官。偷情者用石头砸死。性骚扰他人者一律送去矿山做三年苦工。而任何一位胆敢在夫妻生活中呻吟出声又或采取除"男上女下"体位之外姿势者，经查实，鞭刑十下，罚俸，降职，开除。城堡里任何可能与性发生关系的油画、雕塑等艺术品也都一一被焚。【我与阿鸟已换过一身古罗马士兵装束，手持圆盾与皮鞭，雄赳赳地在舞台上走了三圈，再继续下场换服装。】当然，这种"清洁"只与百姓有关，与皇后本人无关。

日子一天天过去，公主一天天长大，活像一位漂亮英俊的少年。她根本没意识到这世上还有"男人"这种生物。当人们在不知不觉中忘记了那诅咒，公主十五岁的生日来到了。这天，青蛙男人在皇后身上筋疲力尽地挣扎了几下就突然硬挺挺了。这叫"马上风"。**【真惨。要通过肢体语言表演出什么叫"马上风"，确实是高难度。】**没法子，哪怕猿人泰山也终有一天会被一个弱不禁风的女子榨得干净。皇后心乱如麻。

公主一个人在城堡里走来走去，她发现了那个锁起来的小房间，一时好奇，便撬开锁，发现里面有个衰老的男人**【为什么是阿鸟，不是我？我这心碎的，捧出来跟饺子馅似的。】**正在抚弄着一根奇怪的东西，那是她从未见过自己也不曾有的东西，公主兴致盎然地蹲在一边观看。**【大部分女人喜欢一个男人都是一种原因，就是她搞不懂他。】**老男人在公主进来时已知道她是谁，十多年的时间已让这位当年的亲王沦为一个彻头彻尾的老混蛋。他不动声色地用一枚古老的硬币开始诱惑公主，恶魔一般的声音驱使着懵懵懂懂的公主脱光衣服。**【男人要有钱，和谁都有缘。】**慢慢地，慢慢地，慢慢地，他细声呢喃，用那根奇怪的东西撬开了她潮湿的门，就像她撬开这个已封闭了十五年的房门，他在她体内一厘米一厘米地前进，用种种奇妙的方式轻挠慢搔公主的内心。**【阿鸟过去肯定没少去街头的小录像厅观摩。这个王八蛋！】**这是公主所从未感觉过的。一根根神经末梢被点燃。起初是轻微的疼痛，渐渐，一道道光线从灵魂深处绽出，并生出越来越多不可言说的欣喜，公主情不自禁地呻吟起来，快乐地骑在老男人身上舞蹈，就像一头奔跑的小鹿，汗密密地渗出，脸上飞起两抹潮红。

【青春不常在，抓紧时间谈恋爱！】他占有了她。她发出快乐的叫喊，声音如此响亮，整个城堡里的人都听得一清两楚。皇后匆匆赶来，差点晕死，马上令人把那个当年因一念之差而留下其性命的老色鬼凌迟处死。【哈，阿鸟死的样子好难看，被剥成光猪，还被渔网罩体。】

但恶魔已被释放。拥有那种奇怪东西的人，准确说是男人，不管啥样的男人，都成了公主最爱不释手的新玩具。她开始近乎疯狂地到处收集男人，逐一与他们欢好，她是这样肆无忌惮，又如此这般贪得无厌，以至于短短一段时间，整个王国的百姓都知道了这位淫荡而又美丽的公主。【真难为白雪公主了，这种表演是否会给她留下心理阴影？】这无疑是扇在皇后脸上一记响亮的耳光，更糟糕的是，这危及着皇后的统治，当年的"贞洁"招牌仍遍布全国大街小巷。几个臣子进谏，必须管束公主，否则此风一起，国将不国。可惜，腿长在公主身上，偏偏这位公主又有绝世容姿，石榴裙下从不少悍不畏死者【可怜的白雪公主眼眉被涂得一团银光，嘴唇绘成青紫，身着豹皮束胸，这让我意识到一个真理：女人的胸挤挤也就有了】。

皇后最后不得不动用铁链将公主锁起。但远近王国已有不少王子听闻公主惊人艳色。其中一位，色胆包天，乘月黑风高，持长剑，挟柘弓，斩杀数人，劫走公主。不过，他的运气只到此为止。越来越多的王子加入到这场争夺，公主就像《特洛伊》里的那位海伦，终于引发了国与国之间的一番杀得天昏地暗的鏖战。【人生

的两大悲剧：一是万念俱灰，一是踌躇满志。】成千上万的头颅
被利刃砍落，血灌溉着整个大地，白骨满地，草色凄迷。一时间
涌现出无数可歌可泣的诗章，或国破山河在城春草木深感时化溅
泪别鸟惊心，又或者是荒村古岸谁家在野火溪云处处愁……

　　当然，这里少不了公主与救她出牢笼的那位王子之间那段荡
气回肠的爱情故事。王子【为什么还是阿鸟？】为她百般死，终
被利刃穿心，临死大叫，百年后我再来寻你!【好好活着，因为
我们会死很久很久。】公主明白过来，顿时泪如雨下。这一番哭，
好家伙，哭倒长城，掀翻了巴比伦空中花园。天上的宙斯大神奇
怪了，低头一看，咦，海伦不是早被自己收来做通房丫头了，这
世上咋还冒出一股"祸水"？心头大喜，摇身幻化成一只青蛙【为
什么还是我？】跳到公主手上，呱呱地叫，公主，你亲亲我，我
就会是一位英俊王子。

　　公主止住泪，心想，哇，世上的王子万万千，会说话的青蛙
就一只，拥有它，太酷了，二话没说，就把宙斯化成的青蛙揣入
口袋，继续哭，哭累了，便停下来捏捏青蛙，听它说话，喘上口
气，再哭。宙斯被捏得那惨不忍睹。天后赫拉【为什么赫拉是克
林顿？克林顿上身裸着，下半身套着一条坠满响铃和闪亮银片的
围裙，用脚铃打着节拍跳上舞台】心疼了，丈夫再风流，那也是
自己老公，必须捍卫，于是化装成一个卖梳子的老婆婆，走近公主，
瘪着嘴说，漂亮的公主啊，也唯有这把梳子才配得上你美丽的容
颜。【最伤人的话，总出自最温柔的嘴。】公主接过梳子，刚往头

上一插，立刻晕迷过去。郝拉赶紧从她口袋里掏出丈夫，对宙斯拳打脚踢一番，出了口恶气，一阵风似的跑掉了。【妈的，克林顿，这是演戏，不是叫你真打，更不是叫你用嘴咬。小心老子得了狂犬病，咬你一口。】临走时她心念一转，这么一个我见犹怜的红颜，就这般无声无息地化尘土一堆，实在对不起观众，于是许诺，百年后，将有一位王子把公主唤醒。

荆棘在荒原里生长，雨水滋润着它们。一些国家出现了，另一些国家永远消失了，上帝之鞭从每一寸土地抽过，皇后被起来造反的民众送上了断头台，临行时，她还喝了一碗酒大喊：自由，有多少罪恶假汝之名而行其实！【别到处嚷嚷世界抛弃了你，世界原本就不属于你】公主在城堡中孤独地晕睡。就像一个婴儿在母亲的子宫里。【白雪公主睡在舞台上的样子真美。】时间，而不是其他事物，承担起教育她的职责。她渐渐地成为一个真正的女人，懂得爱，懂得恨，懂得了生命的奥秘。

一百年弹指而过。【老鼠从不浪费晚上的时间，而人类却浪费了每天的三分之一，太讨厌了，剧情拖沓得我都睡了一觉。】她宿命中的那王子穿越几世轮回，再一次站在城堡前。他还是一个鲁莽的少年【阿鸟！还是阿鸟扮演！史莱克，你这双猪眼！戴黑皮无指手套，穿黑皮背心，套包臀牛仔短裤的阿鸟在登场时耍了一个托马斯大旋转，惊起一片雌性生物的尖叫声。唉，现在果然是消费男色的时代】被一本记载着这个"睡美人"传说的书籍弄得神魂颠倒。也难怪，有哪个少年不唯美呢？美是存在，美是意

义，美是他的血他的肉他的一切。而他作为一个王子早也瞧腻了
俗世中的女子。他拒绝父亲指定的婚事，带着一个叫桑丘的侍卫，
偷偷溜出国门，踏上寻找睡美人的旅程。【哪里跌倒，哪里爬起……
阿乌老是在那里跌倒，我怀疑那里有个坑！】一路上他锄强扶弱
打抱不平，比如把牧童安德瑞斯从地主的皮鞭下解救出来，虽然
他一走牧童反而遭受到更残忍的鞭打，以至于后来牧童不得不向
他抱怨，"凭我多么倒霉，总不如受你帮忙倒霉得厉害"，但这显
然不能磨灭他的善良与勇敢。他向风车挑战，拿一把又钝又锈的
短刀就敢与非洲猛狮决一雌雄。他所具有的美德简直比天上的星
辰还要多。

这位王子的大名叫堂吉诃德。

终于，凭着途中所邂逅的一位来自东方叫"鬼谷子"的老头
【山羊胡子的扮相太糟糕了，跟鬼一样，两只眼睛还都是红色的】
所传授的阵法及百折不挠的勇气，他成功地进入城堡，一时间，
百鸟欢唱，鲜花盛开。他找到晕睡中的公主。她太美了。他吻了她。
她醒过来。"睡美人"复活了！公主一眼就认出眼前这位少年就是
当年那个被利刃穿心的王子。这是命，逃不掉的。她接受了他的
求婚。

王子把"睡美人"带回王国，准备与她"从此以后过着幸福
的生活"。【婚姻的难处在于我们是和对方的优点谈恋爱，却和她
的缺点生活在一起。阿乌受委屈了，真情圣也。】但王子的双亲
对这个来历不明的女子显然心存狐疑。王子据理力争，并把剑搁

在脖子上说若不同意这婚事他就自刎。没法子，可怜天下父母心。王子的父亲勉强答应下来，但同时剥夺了王子的继续权，而这就是"爱美人不爱江山"典故的由来。

新婚之夜，白绢上虽未见点点梅花血迹，"睡美人"娴熟的床上功夫实令王子销魂，于是王子夜夜都要在这所温柔乡里躺一躺。【天哪，舞台这样大，我却找不到一根吊死的梁】十八佳人体似翅，腰间伏剑斩愚夫。这色字头上一把刀，年轻的王子可不晓得这里的厉害。眼看着就形容消瘦，一把骨头。王子的母亲【克林顿演老女人果然有天赋】，心疼儿子啊，白天开始指桑骂槐，晚上变着花样要把王子从睡美人房间里喊出来。睡美人那个委屈，虽然她有百年经验，可这婆媳问题却是千年来的"老大难"。矛盾一点点激化，尽管睡美人尽力去做好媳妇、好妻子，但婆婆就看她不顺眼。【当你做对的时候，没有人会记得；当你做错的时候，连呼吸都是错。】

"花喜鹊，尾巴长，娶了媳妇忘了娘"。听着这首童谣，伤心的恶婆婆打算赶走睡美人，羞辱唾骂并要睡美人每天早上都要替她端屎倒尿，还给她找出永远也洗不完的衣裳，百般法子，睡美人一一忍受下来。【生活不是林黛玉，不会因为忧伤而风情万种。】最后，疯狂的恶婆婆干脆就在睡美人的早点里下毒。【人干点好事儿总想让鬼神知道，干点坏事儿总以为鬼神不知道，我们太让鬼为难了。】糕点却进了王子喉咙。

王子死了，恶婆婆突发脑溢血一命呜呼。早已对儿媳妇美色垂涎三尺的国王【嘿嘿，终于轮到我了，可该死的化妆师愣在我肚子上塞了一个大枕头】，一不做二不休娶了睡美人。这事在稻城，得叫"扒灰"。不过，"扒灰"扒得好，也就是唐明皇。"回眸一笑百媚生，六宫粉黛无颜色。春寒赐浴华清池，温泉水滑洗凝脂。"意境多美。就算吊死在马嵬坡上，那也是"在天愿作比翼鸟，在地愿为连理枝。天长地久有时尽，此恨绵绵无绝期！"

此生不虚度啊。

幕布缓缓合上。空中一张宽广的五线谱的影像久久不散。

一种伟大的艺术诞生了。

天地万物阖下眼睑。作为"生命的最高使命和生命本来的形而上活动"的艺术由这个始于水，经过血，又最终归于水的故事得到了最完美的阐释。整部歌剧绵延不绝，但丝毫没有拖沓之感，情节的发展始终处于轻松、诙谐的节奏下，这凸显了主题的庞大与庄严。小红帽歌声的表现力达到了一个匪夷所思的境界，极富感染力的旋律让这部史诗般的作品犹如落日下的殿堂般瑰丽，每个细节都是那么恰到好处，仿佛玫瑰花瓣倒映在水波之上，有着无与伦比的美。而对人物情感的表现更是淋漓尽致，就好像一团火，从人们的五官、肌肤，甚至衣物，进入灵魂深处，占据了他们的一辈子，使这些活着的人再也无法抑制自己的激情，在经历最温柔的陶醉、最深刻的痛苦、最愉悦的狂喜、最有力的冲击后，只能眼含泪水端坐于台下，筋疲力尽，大口喘息。

"再沉溺于平庸的人也会被它打动。"克林顿泪眼婆娑，"这不仅仅是音乐，这是光彩照人的时间和空间的艺术，而非简单的听觉感受。这是主的荣耀，是最虔诚的赞颂。"

阿鸟用餐巾纸仔细抹去脸上的油彩，偷眼在幕缝里望着台下喧哗的人群，对着仍好像在云中漫步一脸酡红的白雪公主小声说道，"为什么台下有那么多人脸上露出困惑的表情？还有一些人显得怒不可遏？"

"因为他们不是人，是怪物。是不齿于人类的狗屎、臭虫、蟑螂。这些满脸泪痕的堕落者们无法理解这种由灵魂创造的音乐。不要害怕他们蚊蚋一样的批评，批评的声音将让你们红遍五大洲四大洋。"这是山羊胡子。他闯进门，眉飞色舞，一边清点手上袋子里数不清的钞票，一边大声笑道，"祝贺你们，小红帽暴力团的每位成员，你们的演出实在是太精彩了，创造了这种让人听了胃疼的音乐。现在，我代表史莱克先生宣布，你们每人将获得一块钱以为奖励。是人民币，不是越南盾。你们可以拿去买夜宵吃，或者买束花献给自己。"

山羊胡子大步流星走了，他还有更重要的事情要办。我捏着这沾满汗水的一块钱，心尖忍不住微微打战，这是我劳动价值的体现。我终于成为一个靠自己双手赚钱的自食其力者了，但我高兴不起来，它太薄了，不管我怎么用手指头搓，它还是没法子搓成两张。

阿鸟默然良久说，"我们在台上表演了这么久，就值这一块钱？"克林顿用舌头舔去道具盒中最后一小块猪肉末，不无忧伤地说道，"所以说，全世界无产阶级要联合起来！我终于认识到资本的残酷性，从今天起，我将成为一个坚定的信徒，为人人有猪肉吃奋斗终生。啊，到了那一天，想吃猪大腿就吃猪大腿，想吃里脊就吃里脊，想红烧就红烧，想清炖就清炖。"

这个梦的确是好，只是猪肉就那样多，它不可能是无限的，地球本身也就重 59.76 万亿亿吨。到底是谁吃猪大腿，谁吃里脊，恐怕还是要打架的。又或者说"各尽所能，按需分配"，这在逻辑上也还是自相矛盾，谁是那个比上帝还公平的且无所不能的分配者？事实上，"商品的价值是劳动创造的，而且仅仅是由劳动创造的"这个某主义的奠基公理纯属谵语。商品不但有价值，还有"边际效用"。事实上，上帝的无所不能只是一种修辞，否则他完全可以把这个世界创造成一块完美无瑕的美玉。我把这一块钱人民币折成一个五角星，挂在胸口。白雪公主望着手上那张皱巴巴的钞票，终于从绮梦中清醒过来，脱口问道，"小红帽呢？"

空

十八

　　小红帽安静地坐在舞台正中央，双手放在膝盖上。在她面前是一道轻薄的深紫色幕布。

　　两束光从不同方向打在她脸上。这让她的脸一半呈现出水，一半呈现出火。水是极纯粹的水，若透明的钻石；火是极纯粹的火，若深色的玫瑰，这让人的目光仿佛进入了一个梦幻国度。这个国度像正在从光中显现，又像正要隐匿入光芒之中。

　　阿鸟叹气，"小红帽真是太美了。比仙女还美。"我心中一动，没来由地感到一阵恐惧，这时候的小红帽不再给人一种有血有肉的感觉，美得就不像人。这还是我曾经看到的那个活泼的小红帽吗？台下显然经过一场清理，乱七八糟的椅子尽数被撤下，换上了数排铺有各种珍稀动物之皮毛的靠垫椅，其中最前一排椅子上铺着的竟然是华南虎的皮毛。在椅子的外面是一圈有长城那样高的深黑幕布。幕布外面隐隐约约有晃动的人影，不时有人惨叫，呼喊"捍卫新闻自由！"声音急促，有时喊到一个"新"字便没了下文。显然，屋外喊这句话的人不止一个，帐篷的东南角搁着一个巨大的竹篓，里面装了小半篓"狗仔队"使用的高档摄像机、数码相机以及大量胶卷。史莱克在搞什么名堂？他不是要把小红帽暴力团捧上艺术之殿堂吗，怎么如此轻慢代表着广大劳动群众的媒体工作者？舞台前的几盏射灯在深邃的夜穹中构建出一座金碧辉煌的圆顶建筑，造型与美国的白宫差不多。这种高科技所营造出来的影像的确慑人心魄，我可以肯定，尽管它没有珠穆朗玛峰高，但全世界的人民在这个时刻都可以窥见它的傲慢。

在台下就座的人不再是那些普通的稻城百姓，这从他们的表情上也可以看出。这些人当中有三个秃子，两个跛子，一个独眼龙，身高从三尺四到九尺五，肤色从黑到浅，头型球形、方形、椭圆形，不一而足。高加索人种占了大半，蒙古人种占了一小半，还有两个黑皮肤的阔嘴非洲人种，一个眼球深深陷入的美洲人种。听其语言，犹太人占了四分之一，阿拉伯人占五分之一，俄罗斯人占六分之一，日本人占七分之一，美国人占十分之一，还有几个印度人、法国人、德国人、英国人，当然，也有稻城人模样打扮的，他们的人数与美国人差不多。另外几个沉默寡言的人就不知道是哪个国家的人了。我认得其中一个（在报纸上），坐在最南边第二排犀牛皮椅子上，是一个俄罗斯富翁，他曾经花两千万美元买下一家世界著名的报纸，让这张报纸报道他的一点一滴，大至他花三千万美元定做了一部黄金跑车送给一位打网球的美少女，小至他替一只患了抑郁症的宠物猫征求心理医生——谁能让这只小猫咧嘴微笑，酬劳一百万美元。

我倒吸一口凉气。这种人物竟然还在旁边落座，这些坐在中间的人又都是什么样深不可测的大人物？他们偶尔头碰头窃窃私语，但更多人是面无表情，端然正坐。但让我惊异的是，他们屁股底下好像都藏有一条食肉动物的尾巴，而他们的座次与尾巴上的花纹、粗细有着某种呼应。一个相貌英俊，全身散发出一股欧洲中世纪贵族气息的年轻人把手中拿着的号牌放至一边，跷起二郎腿。如果我没有看错的话，他这双鞋的鞋底镶的肯定是南非钻石，起码有二十粒，而且绝对是天然的，且每粒都在十克拉以上，这换算成一元硬币，会是一个什么样的惊人重量？牙齿突地咬破了嘴唇，血滴在胸口那颗钞票折的五角星上，现在它是红色的了。

"庙堂之上，朽木为官，殿陛之间，禽兽食禄；狼心狗行之辈，滚滚当道，奴颜婢膝之徒，纷纷秉政。"我小声嘟囔。年轻人可能听见了什么，身子猛转过来，脸庞上的表情比《咒怨》里的鬼屋还要阴森。我想想不妥，赶紧补充道，"以上文字复制于《三国演义》第九十三回，不代表个人观点，如有疑问，请联系原著作者，切勿抓捕，谢绝跨国！"

阿鸟犹在幽幽叹息，说，"假如我有这双鞋，就把它卖了，豆浆每天买两碗，喝一碗倒一碗。房子买两套，住人一套，养猪一套。"克林顿说，"上市公司开两家，一家挤垮另一家。航空母舰买两艘，一艘打沉另一艘。"白雪公主说，"天天去做美体。想双眼皮就双眼皮，想单眼皮就单眼皮。"我把拳头举至太阳穴处，说实话，我想揍人，很想把所有的人都揍成微生物。但，继续说句老实话，我的动作很像是向这个可怖的年轻人宣誓效忠。不过上帝肯定会原谅我的——因为那是他的职业。所以，我想了零点一秒钟，还是小声说道，"我就买一辆公交车，专门走公交专用车道，专门停在公交车站，等有人想上车了，我就说：对不起，这是私家车。"

山羊胡子站在一张木桌前，手举一个小木槌，一脸严肃。身后的大投影屏幕换成深蓝色，一个赤裸的胸腹上覆盖着玫瑰花瓣的天使，头垂向臂弯，手臂还朝着台下作钟摆运动。音乐也换了，是《西班牙斗牛士进行曲》。在一阵极其高亢、嘹亮的小号声中，手持话筒身穿一套腰间镶流苏的绿色紧身服的史莱克，以一种斗牛士英勇威武的造型从舞台上方冉冉下降。

"尊敬的女士们先生们，欢迎光临一年一度的史莱克全球拍卖会。今天史莱克为你们带来的不是盘古用过的斧头，不是处女神雅典娜穿过的亵裤，不是九天玄女传授给黄帝的《素女真经》，也不是来自归墟的明珠南海的鲛人，而是上帝用他老人家全部智慧创造的一个奇迹——"克莱克蓦然伸手拉开那道紫色的帷幕，"看，上帝的奇迹。无与伦比的杰作。"

"这美好的处子是万物之源，像我们每天见到的晨曦一样纯洁无瑕。她的存在包含了过去、当下与未来。所有我们为之迷惑不解的答案都隐藏在她的灵魂深处。她曾化身为宙斯的女儿阿斯特赖亚，也曾作为最受人崇拜的女祭司行走在古罗马的大街上——在路上遇到她的死囚都可因此得到赦免。只要她轻轻踏过的地方，都会开满娇艳欲滴的花朵。"

史莱克在小红帽面前跪下一条腿，声嘶力竭地吼道，"现在，她回来了，在这个黄金时代。她为拯救我们已经堕落的灵魂而来，在座诸君想必已经通过卫星转播倾听了她比天籁还美妙的歌声，还有什么力量会比这更让我们热泪盈眶？还有什么样的存在可以满足我们的洛丽塔情结？拍卖现在开始，底价一千万美元，每次加价一百万美元，不收工行信用卡。"

　　山羊胡子手中的木槌在桌上落下，叮的一声脆响。我与阿鸟、克林顿、白雪公主面面相觑，如坐针毡。克林顿怒了，"这他妈的还是奴隶社会吗？"克林顿想往舞台上冲，一双铁一样的手猛地扼住它的脖子，把它悬空提起。不是铁一样的手，就是铁做的手。铁，一种很重的可锻、有延展性和磁性的金属元素。是变形金刚大黄蜂。他的伙伴出租车面目阴沉地朝我们竖起中指，"小朋友，不要乱来。"这个中指比我的大腿还要粗。白雪公主惊呼掩嘴。阿鸟咬牙，叭唧，身子一拧往大黄蜂胯下钻去，嘴里还不忘高呼，"不行，我不能看到小红帽被人当东西一样拍卖！"一把雪亮的刀挟着风雷，从空中劈落，劈在离阿鸟鼻尖零点一厘米处，是那个忍者首领，还是一身黑衣装束，目光凶狠。大黄蜂嘎嘎笑了，"老板就知道你们会不老实，你们也不打听我们老板是谁？"

　　"你们老板不是擎天柱吗？"我往后退了一小步。大黄蜂嘿嘿笑道，"小朋友，你的资讯太不发达了。宇宙历二亿四千年时，擎天柱与霸天虎在银河中心同归于尽了。我现在的老板是赛过诸葛亮气死格林斯潘的前无古人后无来者的玉树临风的史莱克先生。他的钱多得可以铺满太平洋。"

"尊敬的大黄蜂先生，你不是在炒股吗？自己做老板多好，怎么替人打起工？"我自怀里悄悄摸出童话国王送给我的最后一件礼物，扣入掌心。这话不说犹可，一说之下，大黄蜂的脸变了形，"妈的，股市也太黑了，见过圈钱的，没见过这样明火执仗的，比十五世纪的英国搞的圈地运动还要狠。还好我去了一趟证券交易所，窃听到内幕，要不，我连自己是怎么输光裤子的都不知道。"大黄蜂咬牙切齿，被他拎着的克林顿马上吐出一小截舌头。

出租车叹了口气，"小朋友，别讽刺加挖苦了。这不管用。老老实实地在这里蹲着，等拍卖会结束，放你离开。不要怨我们。拿人钱财，替人消灾。谁让我们生在稻城呢？生不起，剖腹一刀五千儿；读不起，选个学校三万起；住不起，一万多元一平米；娶不起，没房没车谁嫁你？养不起，父母下岗儿下地；病不起，药费利润十倍起；活不起，一月辛劳一千儿；死不起，火化下葬一万儿。总结，八个大字：求生不得，求死不能。"

"如果我不老实呢？"

"这就是你的下场。"出租车抓起在大黄蜂两腿中间进退两难的阿鸟，一屁股坐下。阿鸟吐出一截比克林顿更长的舌头。

我朝白雪公主使了一个眼色，意思是叫她在这种生死关头赶紧使出曾让山羊胡子惊叹的绝世武功——母狮吼。可惜经历过这么多事情后，白雪公主再也不是原来那个勇敢无畏的女孩了，胆子变得比兔子还要小，居然还以为我是让她躲到我的梦里来，马上变身朝我怀中投来。还好，我的胸脯够结实，要不被她这样一撞，准得趴下。一本书自梦中飞出，有着奇异的弧线，消失在时间与空间的缝隙中，接着又是一本。我听见白雪公主颤声喊道，"阿粿，你把那些军事书都藏哪个房间了？"我没吭声。我在想一个问题：小红帽到底是怎么了？

"她被深度催眠。被我们伟大的老板夫人，菲欧娜公主。她一眼就看出小红帽体内蕴藏着的奇妙声音，并迅速估出这种物质的庞大商业价值。"大黄蜂看出了我眼中的恐惧与迷惑，哈哈乐了，说道，"小朋友，别不服气，菲欧娜公主犹如在藐姑射之山居住的神人，不食五谷，吸风饮露。乘云气，御六龙，而游乎四海之外。她什么都懂，什么都知道。"

失落多时的勇气因为伙伴们所遭受到的痛苦以及被小瓦欺骗的现实开始在血管里渐渐燃烧。我点点头，说，"我知道，她吸人血的。她还骗走了我一只星盘。如果你们能帮我讨还，我就免费送给你们。那星盘蕴含无限能量。我看得出，尊敬的大黄蜂先生，我看得出，你是因为能源缺乏，才不得已蜗居于稻城。有了那个星盘，你想飞多高，就能飞多高，想飞到银河系外都可以。想一想，浩瀚星穹将成为你的澡盆，所谓的地球不过是这个澡盆里的一粒尘土……"大黄蜂眼中蓦然出现一道奇异的色彩，出租车猛地打断我的话，"大哥，别上这小子的当。他怎么可能拥有藏有这种能量的星盘？"

我嘿嘿一笑，"两位大哥肯定是工作太辛苦，没有去看好莱坞大片《变形金刚三》之真人版。坦率告诉两位大哥，这个星盘就是霸天虎首领威震天当年来地球所苦苦寻找的能量块。在人类军队的配合下，萨姆在千钧一发的关头将能量块插入了威震天的心脏，结束了战斗。能量块回到擎天柱的手中。但擎天柱并没有带走它，悲天悯人的他看到地球上的资源日渐匮乏，不忍心人类在未来灭亡，便把能量块留给童话国王。童话国王把它做成星盘，又送给了我，当然，他这样做是想我保护他的女儿白雪公主——也就是刚才跳到我梦里面去的那个丫头。"我咳嗽了一声，继续说道，"两位大哥身经百战，何等英雄。你们若是不信，不妨变形为测谎仪，连线我的大脑，测试我所说的这番话是不是真话。"

这一下，连出租车都狐疑了。

黑衣忍者不再装哑巴了，"喂，两位大侠，你们可是与我们老板签了卖身契的。做人要讲诚信。再说，这小子的眼珠转得比韦小宝还快，十有八九是诳语。真有这种能量块，童话国王早拿它卖钱了，雇请最专业的保镖保护他的女儿，怎么会送给他这种黄口小儿？"

我冷笑，"擎天柱当年若是把能量块带走，也不至于在外太空与霸天虎同归于尽。为什么他老人家要把生的希望送给人类，把死的可能留给自己？小倭奴，这个说了你也不懂。"

黑衣忍者眼见出租车的神色渐然狰狞，目光闪动，急忙朝着两位汽车人行了一个标准的九十度鞠躬，大声喊道，"两位大侠，若老板夫人手中真有这个星盘，等拍卖会结束后，我建议她送给两位以为酬劳。"

倭奴诚然阴险狡猾，性若野狐。我抬手喝道，"你们的老板夫人都把小红帽拿到台上拍卖了，若她知道星盘是能量块，这个拍卖会恐怕要搁在月球上搞了，这种无价之宝怎么可能送人？卖给火星人倒有可能。小倭奴，自己的智商只有八十，别以为无畏的变形金刚战士与你一样。"

大黄蜂笑了，"小朋友，我怎么知道你说的是真话还是假话？眼前的工钱可是实实在在，万一星盘啥也不是，我们就被你要大了。"我望了一眼在出租车屁股底下满面鼻涕的阿鸟，他还会说大黄蜂"性格开朗，活泼可亲"吗？脾气暴躁的出租车随手夺下还在鞠躬的黑衣忍者手中的短刃，揉成一团金属球，"贼倭寇，老子又没死，龟儿子别急着行大礼。"黑衣忍者见势不妙，手中暴出一团烟雾，贴在天花板上，缩成一团蜘蛛的模样，脸朝下，脚朝上狞笑道，"两位大侠，你们签下卖身契的那一刻，就中了我们老板精心调配的牵机毒。每天若不及时服用解药，死状可就难看了，手脚犹如女子牵机织梭骤然张缩，前后来回伸蹬。非我族类，其心可诛。史莱克君主果然是高瞻远瞩！"

史莱克是东瀛鬼子？怪不得他通体发绿。居然胆敢撒谎说自己是真宗帝第八十七代孙的表弟？！真是吃了熊心豹子胆。是可忍，孰不可忍。出租车的金属脸庞突然散发出森森银光，眼里的厉色可以杀死一只猛犸象，手臂蓦然暴长，硕大的拳头若惊雷击出，黑衣忍者连惨叫声都没有，就被击成一团虚无，肉酱都未能留下。出租车大声吼道，"大哥，哪怕这小朋友说的是假话，这世上根本没有什么让我们重回外太空的能量块，这活我也不干了。"

"如果我们没钱更换零部件，定时保养，就可能被强制报废，拆成几大块，重回炼钢炉。就算我们能躲起来，但你能忍受没钱买油整天趴在屋檐下风吹雨淋吗？兄弟，你还年轻，万事切勿冲动。"大黄蜂摇摇头，"日元也是钱，一百日元可至银行换六块七角九分钱人民币。这还是几个星期前的牌价，最新汇率听说又有所提高。赚日元，更值。另外，万一这个倭寇说的是真话，史莱克在我们不知觉的情况下给我们下了毒怎么办？这种牵机毒，兄弟，你阅历还浅，不晓得它的厉害，当年那宋人李煜就是中了牵机毒，身体最后缩得只有拳头大。"

"大哥，这么说，你是想做汉奸？"出租车呼地站起，鼻孔里喷出白气。大黄蜂一把抓住想逃跑的阿鸟，把他的脚后跟放到他的肩膀上，"兄弟，一个不成熟男人的标志就是他愿意为了某项事业光荣地死去；一个成熟男人的标志就是他愿意为了某项事业卑贱地活着！你要清楚，我们的梦想并不在地球上。"

出租车嘿嘿笑道，"大哥，我还知道不成熟的男人总是在意女人的姿色；成熟的男人则很会看老婆的脸色；不成熟的男人会满脸笑容地陪老婆逛商场；成熟的男人只有和老婆一起逛菜市场的时候才会精神百倍……妈的，去他妈狗娘养的'知音体'。大哥，我冲动。我是愤青。哪怕到死，我还是这样冲动。布衣之怒，溅血五步；天子之怒，横尸百万，而愤青之怒如滚锅沸油，泼之于麻木不仁之社会，使其皮破肉烂而新肌得以生。所谓五千年文明史，即这滚锅沸油留下的累累伤疤。"我怔了，真没想到一辆破旧不堪的出租车竟然有这样日月经天的胸怀与见识。语句铿锵有力，每个汉字从他嘴里出来后，就若星辰起落。这样的话是可以刻在陨石上的。

白雪公主在我怀里鼓起掌来，"说得好，呱呱叫。"克林顿也不忘用蹄子在地面上敲起一首《义勇军进行曲》。阿鸟一个喷嚏。

大黄蜂恼了，"这么说，你要去拍卖会捣乱了？我告诉你，暴民就是从你这样的炼成的。你在底层民间呆了太久，沾染了属于人类的太多不良恶习，不能站在一个高度上看问题。或许这是因为你进化成变形金刚不久，我能理解。你还并不了解稻城的全部历史，准确说，它就是一部暴力史，几千年来始终在暴力革命的逻辑中恶性循环，潜规则与血酬定律支配着人们的生活，而明文制度实际上是用来惩罚那些违背潜规则的叛逆分子。要成为一个公民，而不是暴民。要相信法治，而不是人治。"

"人无良知就是灵魂的毁灭。世无道德就是社会的毁灭。大哥，你说的我不服。"

"不服没关系，慢慢悟。不能以道德的名义违反程序，要遵守契约。你若真的希望人类社会变得更好，就不要用流氓习气去解决问题，粗野蛮横的力量虽然更容易激动人心，在短时间内铺天盖地，但长远来看，会对整个民族与国家的心理造成难以修复的伤害。要有理性，相信制度。制度可能不那么公正、正义、平等、博爱、良善，但它让规则透明，使人类的生存方式或社会秩序的建立不再依靠机遇和强力，而是建立在理性和自由选择的基础上。人人都有机会，就不会轻易极端。在完善这个制度的过程中所做出的种种牺牲，都是必须付出的代价。"

"所以苦了十亿老百姓，富了一群白眼狼？！这也是我们必须付出的代价吗？"

"是的，这是你们这一代的不幸。"

"所以，一个小姑娘就可以被一只千年母蝙蝠催眠后骗到台上拍卖？"

"是的，至少比她无声无息地湮没好。"

"大哥，我无法理解你说的内容。"出租车忧伤地低下头，"我总是没法忘记那些在暗夜里哀哀哭泣的人的眼泪。或许，我是草根。你是贵族。虽然落魄了，但也是落魄贵族。而这本是两个阶级不可调和的矛盾。"出租车猛地抬头，金属眼眶内缓缓滚出一颗浑浊的液体，"大哥，今天我们割袍断义，请与我一战！"

美

十九

  两个囚徒合伙做坏事，被警察发现抓起来，分别关在两个独立的不通信息的牢房里进行审讯。在这种情形下，两个囚犯可以做出自己的选择：或者供出他的同伙，与警察合作；或者保持沉默，与同伙合作。两个囚犯都知道，如果他俩都能保持沉默的话，就会被释放，因为只要他们拒不承认，警方无法给他们定罪。警方也明白这一点，所以就给了两个囚犯一点儿刺激：如果他们中的一个人背叛，即告发他的同伙，那么他可以无罪释放，同时还可以得到一笔奖金。他的同伙就会被按照最重的罪来判决，并且还要对他施以罚款，作为对告发者的奖赏。当然，如果这两个囚犯互相背叛的话，两个人都会被按照最重的罪来判决，谁也不会得到奖赏。那么，这两个囚犯该怎么办呢？是选择互相合作还是互相背叛？

  这是博弈论里的一个经典案例。你迷恋上这个游戏，重复着其过程。一开始，你着迷于其文字，折叠着这个案例里的句子。两点之间并非直线最短，却是折叠。折叠的深度足以容纳任何可能。后来，你发现，每一次折叠都会带来你所意想不到的损耗与偏差。它们改变了游戏的结果。你便拿起桌子上的两本书，把它们当作囚徒，反复阅读，却又发现所有的阅读都是误读。

你在喃喃自语中，终于意识到自己的左脑是囚徒甲，右脑是囚徒乙。于是，你坐在一个叫胼胝体的地方，看他们之间的合作与背叛。你甚至还想起柏拉图在《理想国》中所构建的那个隐喻：人类囚禁在自己的身体之中，并且与其他的囚徒朝夕相伴，任何人都无法辨别相互之间的真实身份，也无法辨别自己的身份，人类的直接经验不是关于现实的经验，而是存在于人类的思维之中。

天色暗下。你开始考虑隐藏在思维后的上帝的容颜。他是唯物的还是唯心的？你不喜欢唯物主义者。他们身上有一种危险的倾向。既然人在世上生不带来死不带走，那么还有什么东西为他们所畏惧，还有什么东西可以阻拦他们为恶的步伐？这种恶，可能是人类所无法逃出的深渊。弱肉强食等丛林法则在唯物主义者眼里看来恐怕比太阳还要天经地义。你也不喜欢唯心主义者。他们向一个意志跪下。这种跪拜的姿势，把人与羊等同起来了，又或者说，人是这个无所不能的意志所放牧的羊群，哪只养肥了就宰了。这种感觉真不舒服。不喜欢这个，不喜欢那个。你究竟喜欢哪个？这个问题恐怕并非加强版的囚徒困境所能描述。但你确实感觉到自己是一个囚徒。你走出屋子，沿着弯弯曲曲的河水走到种满麦子的土地上，与夜色里的稻草人互换帽子，然后与它开始长时间交谈。当黎明升起的时候，一只只鸟儿飞到你的头顶，嫩黄色的嘴喙上滴下清澈的露珠。

你用舌头接住这几滴清露。天空澄蓝青碧，愈显高远。万物须臾，唯有此才是永恒。物，一切物，别墅、诺基亚手机、电脑、权力、阶级斗争、数学模型、jav语言……皆是人类构建臆想中那座意义神殿的石头。它有重量，能把人压出内脏，但在时间的洪流里，它不比一根羽毛重。事实上，所有的神殿自建成之日，即已注定轰然坍塌之时。大地让人直立行走，并非因为人的肌肉与骨骼，而是情感，那份从灵魂深处发出的幽光。你露出笑容，感觉到一阵困意，歪过头，静静地在自己的羽毛里睡着了。

我喃喃低语，站立在大黄蜂与出租车的拳脚相击时所卷起的巨大风声中。不知眼前这些幕布是用什么材料制成的，也许是时间与空间的碎片，竟不曾漾起一圈涟漪。史莱克的确好大的手笔。耳边传来阿鸟断断续续的喊声，"阿稞，快跑啊。"真有趣，克林顿也在对着我吠，可能是被大黄蜂夹过了，脸恢复了原来的模样，显得格外英俊。我冲着他们露出笑容。出租车没有理解大黄蜂所说的，但我理解了，这真让人伤感。或许大黄蜂所说的并非他内心的真意，他只是害怕牵机毒，可事情的真相可能确实就是这样。总得有人牺牲，总得有人付出代价；事实上，不管社会进化到何种程度，也总得有人牺牲，总得有人付出代价。白雪公主读过黄孝阳写的《网人》，而我读过他更多的作品，《时代三部曲》、《遗失在光阴之外》，又比如《人间世》，在那篇激情澎湃、幻觉层叠，尖锐的现实主义笔触与庞大的虚构热情并行的奇异文本的最后，有一小段话：

一切阅读都是误读；一切杰作都是时间开的玩笑。对宇宙这部大书来说，所有我们认为伟大的、可笑的、荒唐的、愚蠢的，都是其中不可缺少的一部分。若说宇宙有思想，那么它从来就不想变得更好，也不想避免更坏，（当然，人类渴望这样）。它只是呈现，把美的、丑的、好的、恶的，摊在夜穹上。有的是流星。有的是所谓的恒星。就具体的每颗星辰来说，它们全是昙花一现；但就星辰这个整体来说，是永恒。

幕前的拍卖活动正进行得如火如荼。我闭上眼睛，听见了那儿所有的声音。声音不是物体，只是一个名称，如同火花于耳膜处暴响，微弱又清晰，纷杂的心跳、血液的流动、略微紧促的呼吸……一条鲨鱼尾巴从俄罗斯人的裤管里滑出垂下，尾尖朝向贵族青年裤管里露出的野狼尾巴。他们在用一种暗语交谈。一条蟒蛇尾巴从一个秃头犹太人裤管滑出，悄无声息地抽向与他隔了几个座位的德国跛腿男人，显然，他想给德国人一个教训。一个脸庞与鳄鱼差不多的日本人在揉眼睛，他的泪水是三角形的，犹如尖刺，带有强烈的腐蚀性，很快，他面前的桌子出现了一个洞。天空幽暗浑浊，仿佛有某种东西正笔直地朝其中坠去。灰尘在光线中落下，我听到一些类似蟑螂的扁体生物在一些人的十二指肠里咀嚼食物的声音。要辨认这种声音并不困难，每个人的心脏、脉搏、内腑都会震动，混合起来就会成为一种独特的音振频率。各种声音通过耳膜，进及脑海，又一点一点消失，眼前出现一副副模糊的影像。眼耳鼻舌身意，色香味形触法。我恍然大悟。守得云开见月明。亘在听觉与视觉之间的墙壁霎时彻底倒塌，图像清晰起来。我终于看见了小红帽前后判若两人的原因，在她体内，无数根奇异的暗绿色的音纹线紧紧缠绕在所有神经元组织上，而一个指头大小的小红帽正在大脑额叶处用拳头使劲儿地捶打那厚厚的黏黏的灰白色皮层，愤怒地大喊，"放我出去！"

我露出笑容，听见了帐篷外面来自四面八方的声音，也读懂了它们携带着的种种情感与信息。一些人心中有着蓝天，蓝天下是一望无际绿得鲜艳的稻田；一些人的心中却盘着灰褐色的毒蛇，蛇吐出漂亮的信子，乍眼望去如同一小片温暖的火苗；一个女孩在对着风筝说我想飞到天上去，一个少年蹑手轻脚靠近她，把她的长辫子绑在颤动的树梢上……更远处，深山野岭里，一个母亲在割开自己的手腕把鲜血滴入因为饥渴已经昏迷的孩子唇上；一名救援人员，咬着牙，额头冒出黄豆大的汗粒，用小刀切断自己那条被岩石压断的左腿；一个虚弱的少年精疲力竭地想扔下手中的斧头，却发现斧柄已经与自己的手血肉相连……

所有的，我都听见了，也听见了小瓦（抱膝坐在一幢老式徽居的屋脊上的菲欧娜公主），嘴里发出的那声轻叹。她恢复了一身女装，捧着星盘，眼神迷离，脸上居然有几滴晶莹剔透的泪珠。也许是因为她的影子并未在身边的缘故。那把美人扇搁在屋脊上，散发出一片蒙蒙青光。大烟袋不知道哪去了，它可能只是她用来掩饰身份的一个道具。

叫价声此起彼伏。贵族青年已经出价到一亿八千四百万美元。也许再多的财富对他而言，只是一连串数字。鼻尖渗出一滴汗。我怔怔地凝视着在掌心流转不息的那片光华。一切话都是废话。尼采说："世间存在愤怒的废话，常见于路德和叔本华。因概念和公式太多而产生另一种废话，康德便属于这种情形。因为喜欢用不同的说法来表达同一事物又产生了第三种废话，蒙田便是佐证。第四种废话来自不良的本性。"

　　不良的本性啊，自私、贪婪、懒惰、愚蠢、傲慢、残忍、猜忌、谄媚、卑劣、吝啬、轻浮、虚伪、刁滑、冷漠……这些词语互为因果，构成深渊，隐藏着这个世界最罕为人知的一面。它们的存在本为了发现这个世界的晦暗与复杂以及用另一种光照耀人这种生物，但人的内心使其意义在不断地增殖、饱胀，有的甚至还成为一个可以吞噬一切包括它本身的黑洞，而另一个宇宙就在这个黑洞的另一头产生。过程就与小瓦曾经打出的那个可怕的喷嚏一样。真奇妙。不仅仅是它们，所有的词语，包括那些对神最虔诚的赞美，都是藏在箱子里的"薛定谔的猫"。我露出微笑，终于明白了童话国王给我的第三件礼物的使用方法。

　　我打开它。瞬间，全世界所有的光似乎都集中在我的指尖。

　　我可以是长方形、正方形、圆形、椭圆形……，我可以被冤屈，被折辱，被打败，被无数个"被"字折磨得死去活来，但，我是我的名，是阿檗，是那团永不熄灭的灵魂之火。世界是一盆大火，万物迟早焚身于其中。我要你知道我的狂热，我也要你知道除了那片接近透明的虚空，我将什么也不会拥有。

帐篷被推倒。

一个风姿绰约的性感妇人带头冲来，歇斯底里地嘶喊着小红帽的名字，势若疯虎，腰缠双截棍，背上插着数根带倒刺的藤条，手中两柄菜刀的光比闪电更明亮，迎面之众竟无人可成一合之将。这应该就是我只曾闻其声不曾见其面的小红帽的母亲，真是生得美貌，一头漂亮火焰色的长发，那傲人的胸脯若波浪汹涌，一浪接着一浪。几个色迷迷不知天高地厚的家伙还妄想把她当成盘中菜，被她顺手一劈，就成了一堆榨菜。

在她身后是数百个肩缠红袖章的青年男女，手中挥舞铁链、木棍。其中一个人肩膀上扛着一面大旗，上书六个墨意淋漓的大字，"小红帽暴力团"。扛旗之人正是那个能够贴地飞蹿的叫李向阳的黑瘦男人。他的妻子与老父亲居然也在滚滚人流之中。真是上阵父子兵！黑裙女人的战斗力恐怖得吓人，光着脚，一双十余寸的高跟鞋被她当成武器左敲右打，敲到屁股上，屁股上出现一个坑，敲到脑袋上，脑袋上出现一个洞。哇，传说中的凤姐、犀利哥、杨大侠竟然也在其中！这是一个几近无坚不摧的箭头，若李广将军的破空飞矢，须臾，已突破重重围堵，冲至舞台下。在他们身后是犹如山崩海啸的黑压压人群。但这种场面并不能使这些有资格坐在舞台下面的人惊怖，贵族青年嘴里念出一长串含糊的咒语，一跺脚，就这样在一团烟雾中消失了，离开前还不无深意地望了我一眼。他们有的钻进泥里，有的飞上天空，更多的是把手往脸上一抹，容貌便与那些愤怒的青年无异，胳膊上出现一只崭新的红袖章。没有人顾及他们，革命的最终目的就是打倒那个终极坏蛋。千千万万双眼睛同时盯着舞台上的史莱克。小红帽依然保持着甜美笑容，宛若天使，静静地端坐于椅子上，瞳仁如琉璃深绿。狡猾的山羊胡子在帐篷倒塌的一刻就已不知去向。

史莱克的发言简短而又迅速，"小红帽中了毒，你们若杀了我，她就将永远这样坐下去。放我走，我用解药交换。"我没再想什么，拍了拍瘫坐在地上，胸脯上有数十个凹坑、周身裂痕、眼神悲戚的出租车，"你要的革命来到了。"我对着也瘫坐在地上全身火花噼里啪啦的大黄蜂挤出一个笑容，望着它那略带忧郁的双眸笑道，"没办法，世界就是这样，并不以谁的意志为转移。它渴望丰富，它是一个熵。菲欧娜公主在很早的时候就对我解释过这个宇宙的真相，可那时，我并不能真正理解。熵是正确的。熵，始终正确。人类茹毛饮血、进入母系氏族、父权至上、黄帝打败蚩尤、种姓制度、波斯帝国的盛衰转变、希腊城邦的兄弟萧墙、马其顿帝国的扩张、古罗马帝国的分崩离析、中国的盛唐、十字军东征、文艺复兴运动、资产阶级革命战争、启蒙运动、人类第一次工业革命、第二次世界大战、互联网、人类基因组计划……甚至说让全球 GDP 下降一个百分点的'九一一'事件，相对于熵的渴望来说，也是正确的。我并不是说：存在即合理。这是熵的意志。你该明白的，你我本身都是熵。"我拉开帷幕，走到小红帽身边，对着那个嚎哭不休的女人轻声说道，"小红帽不是中毒，是被人催眠了。

要让她醒过来，只要找到那个爱说谎话的匹诺曹，从它鼻尖上刮下一点肉，熬成汤喝，就行。"我微笑着，冲史莱克拱手行了一个标准汉礼。

一秒钟后，他还能朝我竖中指；两秒钟后，他就只剩下一片手指甲了。

月亮出来了，又圆又大。一只蝙蝠扑翅飞去，一点点拖动了月光。姿势刚开始还有点笨拙，歪歪扭扭，很快，变得优雅从容，它终于飞进了月亮里面。小瓦真聪明，这么短的时间就弄明白了那星盘的用法。只是她可曾读过李商隐的"云母屏风烛影深，长河渐落晓星沉。嫦娥应悔偷灵药，碧海青天夜夜心？"

我吹起口哨。阿鸟与克林顿追上来。阿鸟问，"阿槑，你要去哪？"克林顿嘀咕道，"你不是答应替我报莱温斯基的仇吗？你可不能说话不算数。连大黄蜂那样的资产阶级走狗都懂得要遵守契约。"我笑了笑，远远地指着站在椅子上挥舞手臂，周身有状若龙纹的盘旋气流的性感女人说道，"她会替你报的。你放心。就是不提这茬事，她也会替你报的。要相信人民的力量，这是一张天罗地网，希拉里跑不掉的。从现在开始，稻城就不再一样，每个角落里都会藏有一双雪亮的眼睛。至于迷魂党这样的宵小，更是无处可以遁形。"

阿鸟与克林顿交换了一下眼神。阿鸟郁闷道，"那我们现在去哪？"我刚想说话，耳边传来嘤咛一声，被大黄蜂与出租车惊天动地的打斗吓晕过去的白雪公主及时清醒了，探出一张可怜巴巴的小脸，望了一眼人声鼎沸的广场，吓着了，"发生什么事了？"阿鸟用最简洁的话把事情解释了一遍，手指头往广场中央一指，"那就是小红帽的妈。"白雪公主一哆嗦，从我梦里掉下来，在地上站稳脚，一抹头上的汗，拽起阿鸟的衣袖，娇叱道，"哎呀，那得赶紧走。克林顿，你还发什么傻？走啊。"克林顿的蹄子没动，不无犹豫地说道，"小红帽还没有醒，我想帮着去找那个匹诺曹求解药。"我点点头说，"好，各自保重。青山不改，绿水长流，小红帽若醒过来，替我向她问好。"克林顿鼻尖湿润了，又问了一声，"那小红帽醒过来后问你们去了哪里，我怎么说？"

　　这话问得真让人心里不是滋味。我蹲下身，握了握克林顿的前爪，"你有这份心就够了。或许我们会去阿鸟的故乡，或许会去一趟白雪公主的老家，又或者会去看看科罗拉多大峡谷、澳大利亚的珊瑚礁群、印度的泰姬陵、墨西哥的玛雅古迹、尼亚加拉瀑布、埃及胡图金字塔、泰国曼谷、悉尼歌剧院、澳洲那块高达三百四十八米的世界上最大的石头——艾尔斯岩……也许白雪公主会在那里遇到她的王子。总之，离开稻城，去看看更多的可能。去哪里不重要，你别难过。稻城，是我们的家，我们是稻城人，迟早还是要回来的。"

　　我们离开了稻城。白雪公主的泪水夺眶而出。她越来越容易动感情。真不知道该说她幼稚还是成熟。我走在阿鸟与白雪公主的前面，路在脚下打着轻微的鼾。我没有回头，但知道克林顿已奔上稻城一座最高的建筑，朝着我们的背影不断挥动前爪。我低下头，把鼻子凑近心口，那里有一个奇异的呼喊声，很细，但很清晰。我知道，它在说什么。

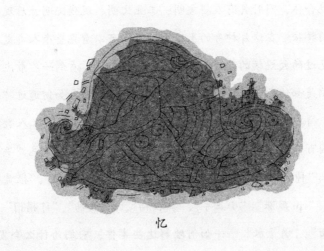

忆

跋

　　中国与美国、德国、英国、法国、意大利……不同，它是一个混合体，同时具有农耕文明、工业文明、现代文明、后现代文明的特征。在这片神奇的土地上，我们可以看见整个人类史所从未见过的大规模的荒唐、无知、贪婪、堕落，看到一些最杰出的头脑是如何死于拙劣的疯狂，看见可笑的愚蠢是如何通过"逆淘汰"得以掌控社会大部分资源，看到五大垄断行业职工人数不及全国百分之八而工资总额占了全国百分之五十五，看见"半夜鸡叫"、"神舟上天"、"正龙拍虎"、"送温暖"、"艳照门"、"很黄很暴力"、"cpi疯涨"、"小三年"、"躲猫猫"、"欺世码"、"诈捐门"、"打酱油"、"喝开水"……如何理解这些事件，它们为什么会发生，为什么会以这种形式排列与堆积？把当下讥为娱乐时代或掠夺时代，是片面的，也是容易的，我们应该多想几个为什么，保持一点赤子之心，而不是像海鞘一样——海鞘幼仔是一群类似蝌蚪的动物，拥有复杂的神经系统，但成年之后却变得更加简单，它们定居在海床之上并以滤食这种方式生存。由于不再需要大脑和神经系统，成年海鞘会将自己的大脑吃掉。

理论，种种理论，轻的，重的，蝴蝶一样的，螳螂一样的，都是对世界的解释。它们互相继承，互相攻讦。但，一般来说，好一点的理论，更适合人类变好愿望的理论，应该是那些不仅自身站得住还能够解释其他理论，让那些彼此矛盾且互为悖论的看法在一个轴上保持平衡的。它是复杂的，并不轻率地做出判断，且有足够的深度与宽度来解释不断变化并日趋复杂的当下。它应该是一张元素周期表，而非简单粗暴地认为世界是银子的，或者说世界是铜的。希望有人能够找到它，找到各种在人类史上发挥过重要影响的主要理论的"原子核"、及"核外电子"，找出它们各自的内部结构以及它们之间相互联系的规律。或许，我们可凭借这张隐秘的图，窥见人类的未来，也不为当下的种种匪夷所思所惑。

　　思索，阅读，咳嗽……身体的损耗让内心渐趋死寂。闭上眼睛，阅读世上所有的文字，所有的。光显现出来。起初，它是一个图书馆的形状（与博尔赫斯所描写的那个近似），渐渐，一边暗了下去，而另一边又亮了起来，形状也有了一些小变化，仿佛是鱼，鱼首尾互衔，黑鱼有白睛，白鱼有黑睛。太极。放之则弥六合，卷之退藏于心。可以大于任意量而不能超越圆周和空间，也可以小于任意量而不等于零或无。

　　多么奇妙啊。天地如鸡卵，卵中之黄白未分，是混沌也。

　　我或许是一个创造者。我所创造的这些毫无新意的排列组合（这种碳原子的排列形成钻石，或者石墨、活性炭），在许多年后，或许将成为一个秃头中年男人的饭碗所在。这很有趣，我甚至看到自己已潜入这个百无聊赖的男人的身体，在品咂他已黯淡的血的滋味的同时，与他一起在课堂上打哈欠，把一大块红烧肉喂入嘴里，每天用五分钟与妻子交谈用十五分钟查看儿子的作业本用三小时四十五分钟端坐在电视机前，偶尔在周末的晚上穿过漆黑的小巷推开一扇潮湿、沉重的木门在付过二百元钱后走上二楼与一个瘦骨嶙峋的女孩儿交媾。

此种感觉不可言说。

此种感觉常使我不得不一遍遍抬起头颅，就像抬起一个沉重的灰瓮。

头顶上有云，如此苍白，如众神的脸庞，变幻无常，至高无上。我常泪流满脸。我也知道自己在为什么而哭泣。确实，在这个无赖且贪婪的国度里，要保持热情与爱，是困难的。但唯有迎难而上，才能不断创造新的自我，摆脱乏味与平庸。世界尚在成长时。

还能说点什么？亲爱的读者，时间，就这样把你我联系。我死去的骸骨会被土壤分解，进入一颗马铃薯的体内，被炖熟，再进入你的胃。生命是一种奇迹，也是一种罪恶。它们交替出现，如阳光细碎的金色绒毛，在一望无垠之田野上撒下那丰饶的美好。